Jan als Detektiv
——— 6 ———

ALBERT MÜLLER VERLAG

KNUD MEISTER · CARLO ANDERSEN

Spuren im Schnee

ERZÄHLUNG
FÜR BUBEN UND MÄDCHEN

FÜNFTE AUFLAGE

ALBERT MÜLLER VERLAG
RÜSCHLIKON-ZÜRICH · STUTTGART · WIEN

Aus dem Dänischen übersetzt von Ursula von Wiese. – Titel des
dänischen Originals: «Sporet i Sneen», erschienen bei E. Wangels
Forlag A/S, Kopenhagen. © E. Wangels Forlag. – Deutsche Ausgabe:
© Albert Müller Verlag, AG, Rüschlikon-Zürich, 1952, 1973. – Nach-
druck, auch einzelner Teile, verboten. Alle Nebenrechte vom Verlag
vorbehalten, insbesondere die Filmrechte, das Abdrucksrecht für
Zeitungen und Zeitschriften, das Recht zur Gestaltung und Verbrei-
tung von gekürzten Ausgaben und Lizenzausgaben, Hörspielen,
Funk- und Fernsehsendungen sowie das Recht zur photo- und klang-
mechanischen Wiedergabe durch jedes bekannte, aber auch durch
heute noch unbekannte Verfahren. – ISBN 3-275-00219-8. – 14/18-81.
Printed in Switzerland.

ERSTES KAPITEL

Zwei Wetten

Der Kalender zeigte an, dass es nur noch acht Tage bis Weihnachten war — und natürlich log der Kalender nicht. Dem Wetter nach zu urteilen, hätte man es sonst nicht glauben können. Der Regen strömte hernieder, wie Sturzbäche liefen die Wasserfluten durch die Ablaufrohre der Häuser, und der Wind zerrte wütend an dem alten Kastanienbaum, der mitten auf dem regennassen Schulhof stand und seine kahlen Äste zum grauen Himmel emporstreckte. Alles war grau und trostlos, sowohl die Natur als auch die Stimmung der Menschenkinder.

Vor dem grossen Schulhaus herrschte sonst immer lautes Leben, wenn die Glocke zum letztenmal geläutet hatte und den vierhundert munteren Knaben die goldene Freiheit des Nachmittags winkte. Heute aber war es anders. Mit verdrossener Miene schlugen die Knaben den Mantelkragen in die Höhe, steckten die Hände in die Taschen und trotteten gebeugten Hauptes durch den peitschenden Regen. Nur ein paar Jungen aus der untersten Klasse fanden das schlechte Wetter sehr lustig. Mit vergnügten Jubelrufen plantschten sie in die grössten Pfützen, um zu zeigen, dass hohe Gummistiefel zu den besten Erfindungen gehörten, die sich für unternehmungslustige Buben denken liessen. Der keckste von ihnen tat ausserdem seine Lebensfreude damit kund, dass er Wasser nach rechts und links verspritzte; doch verschwand er blitzschnell, als einer der «Grossen», der einen Guss abbekommen hatte, sich mit drohender Miene näherte, die Hand zu einer gelinden Abreibung erhoben.

Jan Helmer, der Sohn des bekannten Kriminalkommissars, und sein Freund Erling Krag waren unter den letzten, die das Schulhaus verliessen.

Jan schlug den Kragen in die Höhe und spähte zum Himmel hinauf, um zu schauen, ob sich nicht doch eine kleine Aufhellung zeigte. Es sah keineswegs danach aus, und er wandte sich missmutig an seinen Freund: «Scheussliches Wetter, nicht?»

«Das lässt sich nicht bestreiten, lieber Sherlock Holmes», antwortete Erling und schlug ebenfalls den Kragen hoch.

«Und in einer Woche ist Weihnachten», fügte Jan hinzu.

«Kann auch nicht bestritten werden», nickte Erling mit leichtem Spott und machte sich auf den Weg. «Die sattsam bekannte ‚weisse Weihnacht‘ findet sich schon seit langem bloss auf Weihnachtspostkarten und in der Phantasie der Romanschriftsteller...»

«Was wirst du in den Ferien machen?» schnitt ihm Jan das Wort ab.

«Schlafen!»

«Schlafen? Du gedenkst doch wohl nicht die ganzen Ferien durchzuschlafen?»

«Doch, das will ich. Was könnte man denn bei solchem Hundewetter sonst unternehmen?»

Jan lachte. «Na, wenn ich dich richtig kenne, wird

ein grosser Teil der Zeit damit vergehen, dass du den Weihnachtsbraten und Süssigkeiten verspeist.»

«Nein, mein Lieber, ich mache gerade eine Abmagerungskur», entgegnete Erling und seufzte so tief, dass es einen Stein hätte rühren müssen.

«Was machst du?» rief Jan und blieb mit verwundertem Ausdruck stehen.

«Eine Abmagerungskur», wiederholte Erling mit Leidensmiene. «Die Verlängerung meines Rückens ist zu dick geworden, und ich habe mit Vater gewettet, dass ich vor dem ersten Mai zehn Kilo abgenommen haben werde.»

«Heiliger Bimbam!» staunte Jan überwältigt. «Das ist das letzte, was ich glauben kann. Das soll wohl ein Witz sein?»

«Nein, ich war noch nie in meinem Leben so todernst», beteuerte Erling in düsterem Tone.

«Hm. Seit wann machst du denn die Abmagerungskur?»

«Seit heute morgen. Wenn du deinen Detektivblick etwas besser gebraucht hättest, wäre dir aufgefallen, dass ich heute nur acht belegte Brote mithatte.»

«Ich fand, dein Paket hätte das übliche Riesenformat gehabt.»

«Das ist unmöglich, denn es enthielt vier Brote weniger. Ich bat zwar unser Mädchen, die übrigen Brote deshalb etwas dicker zu belegen, aber...»

«So, so», lachte Jan. «Na, da wird die ‚Abmagerungskur' ja sicher helfen! Ich hätte gute Lust, mich auf seiten deines Vaters an der Wette zu beteiligen.»

«Sei nicht so leichtsinnig, lieber Freund! Du kennst

den eisernen Willen nicht, der sich unter dieser Mütze verbirgt. Am ersten Mai wird mein Vater um fünfzig Kronen ärmer sein... wenigstens glaube ich es.»

«Willst du die ganzen Weihnachtsferien durchschlafen, um den nagenden Hunger zu vergessen?»

«Ja. Hast du vielleicht einen besseren Vorschlag?»

«Noch nicht, aber es könnte sein, dass ich dir morgen einen mache.»

«Du sprichst immer in Rätseln, lieber Meisterdetektiv. Darf ich hoffen, dass du dich deutlicher ausdrücken wirst?»

«Ja, dazu bin ich gern bereit», lächelte Jan. «Onkel Christian ist heute zu uns auf Besuch gekommen, und ich habe das Gefühl, dass er Lis und mich für die Weihnachtsferien nach Raunstal einladen wird. In diesem Falle wärest du natürlich auch dabei.»

«Nein, danke.»

Jan sah seinen Freund überrascht an. «Was? Du willst nicht mit nach Raunstal? Warum denn nicht?»

«Aus drei Gründen. Erstens: Weil man in dem kopenhagener Regen ebensogut Fussbäder nehmen kann wie im jütländischen. Zweitens: Weil ich beschlossen habe, die ganzen Ferien durchzuschlafen, und es ist mir noch nie gelungen, mich der Ruhe hinzugeben, wenn du in der Nähe bist. Drittens: Weil es unhöflich wäre, auf alle die Leckerbissen zu verzichten, die Fräulein Madsen auf den Weihnachtstisch von Raunstal zaubern wird. Mir läuft das Wasser im Munde zusammen, wenn ich nur an die Hähnchen und an den Apfelkuchen denke, die Mads uns bei unserem letzten Besuch vorsetzte... mhm!»

«Nein, das sind wirklich sehr flaue Entschuldigungen», erwiderte Jan bestimmt. «Es wäre doch höchst sonderbar, wenn es während der ganzen Weihnachtsferien regnen würde, und es wäre noch sonderbarer, wenn wir auch diesmal in Raunstal auf einen Verbrecher stossen würden, der uns beide in Atem hält.*) Was deine dritte Entschuldigung betrifft, so muss ich auf den eisernen Willen verweisen, von dem du vorhin sprachst; denn du kannst darauf bauen, dass Mads dich nicht zum Essen zwingen wird, wenn sie hört, dass du eine Abmagerungskur machst. Hingegen gibt es einen sehr wichtigen Grund für dich, nach Raunstal mitzukommen...»

«So? Was denn für einen?»

«Du musst natürlich mitkommen, um unsern alten Freund, den Klondyke-Carl, zu begrüssen. Er ist doch Landwirtseleve bei Onkel Christian geworden.»

«Ja, es war nett von dir, ihm den Gefallen zu tun und ihn dort unterzubringen», nickte Erling und strich sich den Regen aus dem tropfnassen Gesicht. «Aber er verdiente es auch. Ach, weisst du noch, was für aufregende Dinge wir mit ihm und den andern Klondykern erlebten?»*)

«Und ob ich das noch weiss! An jede Einzelheit erinnere ich mich. Carl Jensen ist ein Prachtkerl, und Onkel Christian schrieb vor zwei Monaten, dass er sicher ein tüchtiger Landwirt werden würde. Er ginge

---

*) Die Erlebnisse bei dem früheren Aufenthalt der beiden Freunde in Raunstal schildert das Buch «Jan wird Detektiv», die weiter unten von Erling erwähnten Begebenheiten der Band «Jan und die Kindsräuber» von Knud Meister und Carlo Andersen, beide erschienen im Albert Müller Verlag, Rüschlikon-Zürich, Stuttgart und Wien.

mit Leib und Seele in der Arbeit auf. Es wird fein sein, ihn wiederzusehen!»

«Ja, da hast du recht», räumte Erling ein wenig unsicher ein. «Aber eine Kleinigkeit hast du offenbar vergessen.»

«Was denn?» fragte Jan.

«Wir sind ja noch gar nicht eingeladen.»

«Ach, wenn's weiter nichts ist!» lachte Jan. «Die Einladung wird schon erfolgen. Sonst laden wir uns eben selbst ein!»

«Du siegst immer mit deiner Freimütigkeit und Unbefangenheit», seufzte Erling. «Ja, da bleibt mir wohl nichts anderes übrig, als für die Einladung zu danken...»

Erling brach plötzlich ab und blieb vor einem Schokoladegeschäft stehen, in dessen Schaufenster alle möglichen Leckereien prangten.

«Du, nimm dich zusammen», mahnte Jan, der sich sofort über die Lage klar war. «Heute gibt's keine Rahmkaramellen!»

«Nur eine einzige...»

«Unter keiner Bedingung! Du machst eine Abmagerungskur!»

Jan packte den Freund am Arm, und Erling liess sich mit leichtem Widerstreben durch den Regen weiterziegen.

*

Kriminalkommissar Mogens Helmer sass in seiner behaglichen Wohnstube und unterhielt sich mit seinem Bruder, dem Gutsbesitzer Christian Helmer. Das ganze Zimmer war mit Zigarrenrauch gefüllt.

Der Gutsbesitzer lehnte sich in dem breiten Sessel

zurück und tat ein paar kräftige Züge an seiner Zigarre. Dann betrachtete er seinen Bruder mit einem kleinen Lächeln und fragte: «Na, wagst du es, mit mir um eine Kiste Zigarren zu wetten, Mogens?»

«Du wirst die Wette verlieren, Christian», entgegnete der Kriminalkommissar.

«Dann gehst du ja kein Wagnis ein, wenn du wettest», lachte Christian Helmer. «Aber ich bin keineswegs sicher, dass ich verlieren werde. Auf alle Fälle könnte es ein sehr lustiger Weihnachtsspass werden, findest du nicht auch?»

«Nun ja...»

«Zieh die Sache doch nicht so in die Länge, alter Spürhund!» lachte der Gutsbesitzer gemütlich. «Es ist also abgemacht, wir wetten um eine Kiste Zigarren, dass der vortreffliche Jan...»

Christian Helmer hielt unvermittelt inne, weil die Türe geöffnet wurde. Frau Helmer kam herein, um den Kaffeetisch zu decken.

«Puha!» rief sie lachend und wedelte mit der Hand durch den dichten Tabaksrauch. «Es ist doch unbegreiflich, dass ihr Männer einen Genuss davon habt, solche... solche...»

«Glimmstengel zu paffen», schlug der Gutsbesitzer vor und lachte dröhnend. «Sag ruhig, was du meinst, liebe Schwägerin. Allerdings ist es schade um deine sauberen Gardinen, aber das Zeug schmeckt nun einmal verteufelt gut.»

Frau Helmer betrachtete ihren Mann und ihren Schwager lächelnd. Dann fragte sie unvermittelt: «Worum habt ihr eigentlich gewettet?»

«Gewettet?» wiederholte der Kriminalkommissar unschuldig.

«Ja, ich hörte es deutlich.»

«Dann musst du an der Türe gehorcht haben, Mütterchen.»

«Nein, darüber bin ich seit vielen Jahren hinausgewachsen», lachte Frau Helmer. «Aber Christian hat ja eine Stimme wie Diogenes.»

«Demosthenes, Mütterchen!» verbesserte Mogens Helmer. «Du irrst dich immer bei den Alten Griechen. Diogenes war der Philosoph in der Tonne...»

«Ja, und Demosthenes war der, der mit einem Stein im Mund Sprechübungen machte und den Sturm zu übertönen suchte... jetzt weiss ich es wieder... aber lassen wir uns nicht zu sehr auf die Alten Griechen ein, Mogens, sonst vergessen wir, worüber wir eigentlich reden wollten. Ihr möchtet die Sache mit der Wette offenbar lieber verschweigen. Es handelt sich um Jan...»

«Die Wette ist soweit kein Geheimnis», fiel der Kriminalkommissar schnell ein. «Du wirst schon noch erfahren, worum sie sich dreht... später...»

Frau Helmer musterte leicht verwundert die beiden Herren, die augenblicklich zwei grossen Schuljungen auf verbotenen Wegen glichen. Schliesslich schüttelte sie ergeben den Kopf und begann den Kaffeetisch zu decken.

Mogens Helmer sah ihr ein Weilchen zu. Dann sagte er munter: «Christian hätte dich und die Kinder gern über Weihnachten in Raunstal. Ich kann leider wegen des Dienstes nicht gut weg...»

«Dann möchte ich auch lieber hierbleiben, Mogens», unterbrach sie ihn, «das wirst du wohl begreifen. Glaubst du etwa, ich könnte es ertragen, dich am Weihnachtsabend ganz allein zu wissen?» Frau Helmer wandte sich an ihren Schwager: «Lieb von dir, Jan und Lis einzuladen, Christian; sie werden sich sehr darüber freuen. Hoffentlich besteht diesmal nicht wieder die Gefahr, dass Jan in eine Wilderer-Affäre oder etwas Ähnliches gerät? Du weisst ja, dass man bei dem Jungen nie ruhig sein kann.»

«Ach was, er ist ja bald ein ausgewachsenes Mannsbild», meinte der Gutsbesitzer mit einem beschwichtigenden Lächeln.

«Ja, das sagt ihr so, du und Mogens, aber eine Mutter sieht die Sache anders an. Als er die Ferienfahrt auf der ‚Oceanic‘ machte, wurde er sogar niedergeschlagen,*) und bei ihm kann man nie wissen, ob er nicht in noch viel schlimmere Dinge gerät.»

«In der friedlichen Weihnachtszeit gibt es sicher keine Gefahren für den Jungen», erwiderte der Gutsbesitzer gemütlich. «Zur Sicherheit kann er ja euren Boy und seinen dicken Freund Erling als Leibwächter mitnehmen. Erling habe ich seit fast anderthalb Jahren nicht mehr gesehen, und ich würde mich freuen, wieder einmal seine Gesellschaft zu haben. Die beiden Buben und der Hund sollten wahrhaftig mit jeder Lage fertig werden.»

«Es wird eines Tages schlimm enden, Christian!»

---

*) Davon erzählt das Buch «Das Geheimnis der ‚Oceanic‘» von Knud Meister und Carlo Andersen, erschienen im Albert Müller Verlag, Rüschlikon-Zürich, Stuttgart und Wien.

«Dummes Zeug, Mütterchen!» fiel der Kriminalkommissar ein. «Der kleine Denkzettel, den Jan auf der
‚Oceanic‘ erhielt, hat ihn sicher vorsichtiger gemacht;
und jedenfalls sind die Kinder in Raunstal in guten
Händen. Du siehst bald wirklich überall nur noch Verbrecher.»

«Das kommt davon, wenn man mit dem ‚Schrecken
der Verbrecher‘ verheiratet ist», lachte Christian Helmer.

ZWEITES KAPITEL

Eine unerwartete Begegnung

Das Wetter änderte sich plötzlich und besann sich
auf die Überlieferung. Im Verlauf der beiden nächsten
Tage fiel die Temperatur stark, und in der dritten Nacht
barst der schneeschwere Himmel und entsandte seinen
weissen Flockeninhalt fast über das ganze Land. Für
die Kinder und den Schäferhund Boy wurde die Reise
nach Raunstal zu einem Erlebnis. Die Kinder genossen
die Fahrt durch das weisse Märchenreich, und Boy
unterhielt sich damit, hinter den Fensterscheiben des
Zugsabteils nach den weissen Flocken zu schnappen,
die draussen dicht fielen. Der kluge Polizeihund entdeckte zwar sofort, dass sich die weissen Flocken nicht
fangen liessen; doch als er merkte, dass seine Reise-
gefährten sich über die vergeblichen Anstrengungen
belustigten, schnappte er getreulich weiter, und Erling
ermunterte ihn nach bestem Vermögen.

Am Nachmittag langten sie auf der kleinen ländlichen Station an, wo Gutsbesitzer Helmer sie abholen sollte. Der Zug konnte sich noch ohne Schneepflug behelfen; aber die Fahrt war für ihn nicht ganz einfach, und die Lokomotive keuchte schwer, als der Zug an dem schneebedeckten Bahnsteig hielt. Das Dach des kleinen Bahnhofs trug eine dicke Schneeschicht, die Bäume zeigten das schönste weisse Flechtwerk gegen den grauen Himmel, und auf der anderen Seite der Bahnlinie waren die Schneewehen in Mannshöhe angehäuft. Immer noch fielen die Flocken in dichter Menge, und die Augen der jungen Reisenden strahlten.

Jan sprang als erster aus dem Zug; er hob das gesamte Gepäck herunter. Dann folgte Lis mit Boy an der Leine, und zuletzt kam der würdige Erling mit drei Paar Skiern über der Schulter.

«Willkommen, Kinder!» ertönte eine laute Stimme, und Christian Helmer zeigte sich in der Türe des Wartesaals.

Er streichelte den begeisterten Boy mit der linken Hand, während er mit der rechten den Kindern einen so herzlichen Händedruck austeilte, dass ihnen die Finger weh taten. Dann kniff er Erling gemütlich in die runden roten Backen und bemerkte: «Du siehst ein bisschen hohlwangig aus, lieber Freund.»

«Ich mache ja auch gerade eine Abmagerungskur, Herr Helmer», antwortete Erling höflich.

«Was? Eine Abmagerungskur? Du bist wirklich köstlich!» lachte der Gutsbesitzer. «Du warst ja immer ein Witzbold, Erling.»

«Das ist kein Witz, Herr Helmer», entgegnete Erling mit grosser Würde. «Ich mache wirklich eine Abmagerungskur.»

«Hahaha! Diese Mucken werden wir dir schnell austreiben!»

«Erling hat einen eisernen Willen», fiel Jan neckend ein.

«Einen eisernen Willen? Haha, den hat Mads wahrhaftig auch, darauf könnt ihr euch verlassen. Sie hat all die guten Sachen und Leckereien gemacht, von denen Erling so begeistert war, als er das letztemal hier war, und da möchte ich sehen, ob er es übers Herz bringt, nein zu sagen, wenn Mads sie ihm anbietet!»

«Das wird eine Qual werden», sagte Erling bedrückt. Das Wasser lief ihm im Munde zusammen beim Gedanken an alle die Herrlichkeiten, die Fräulein Madsen ihm vor anderthalb Jahren aufgetischt hatte.

«Mit Mads ist nicht zu spassen, mein tapferer Freund; Qual ist also ein gelinder Ausdruck. Du kannst dich ebensogut von Anfang an unter ihren festen Willen beugen. Das habe ich schon vor mehreren Jahren getan. So, nun kommt aber zum Schlitten...»

«Zum Schlitten?» rief Jan freudig. «Fahren wir denn mit dem Schlitten?»

«Ja, glaubst du etwa, du würdest im Landauer abgeholt, wenn der Schnee einen halben Meter hoch auf der Landstrasse liegt? Es ist übrigens ein guter Gedanke, dass ihr die Skier mitgebracht habt. In der Nähe von Raunstal haben wir ja glänzende Skigelände.»

«Oh, die Weihnachtsferien werden herrlich werden!» rief Jan und machte beinahe einen Luftsprung vor Begeisterung.

«Ist es nicht nett, zu sehen, wie der Junge sich freut, Onkel?» bemerkte Lis überlegen.

«Dich hat niemand gefragt, junger Naseweis», sagte Jan. «Hör bloss auf, die Dame zu spielen. Wir haben wohl gesehen, wie deine Augen glänzten, als du dir im Zug die Nase am Fenster platt drücktest.»

«Die junge Dame ist vielleicht zu alt, um auf Skiern zu stehen», zog Erling sie auf.

«Ich werde schon so laufen, dass du überhaupt nicht mitkommst, Dicksack!» erklärte Lis und warf den Kopf in den Nacken.

«Dazu gehört nicht viel, verehrtes Fräulein», räumte Erling ein. «Es würde mir mehr Eindruck machen, wenn du so läufst, dass Jan nicht mitkommt; aber einen solchen Versuch wirst du wohlweislich unterlassen!»

Lis schnaubte nur und ging mit hocherhobenem Kopf durch den Wartesaal.

Fünf Minuten später waren Skier und Gepäck hinten im Schlitten verstaut, und Lis und die Buben sassen frohgelaunt unter einer dicken Lammfelldecke. Boy liess sich folgsam auf dem Boden des Schlittens nieder, und Christian Helmer knöpfte das viereckige Lederstück ein, das den Hund und die Fahrgäste vor dem Schnee schützte.

«Na, sitzt ihr gut, Kinder?» erkundigte er sich.

«Ausgezeichnet!» antworteten die Buben wie aus einem Munde.

Lis begnügte sich damit, vornehm zu nicken.

Helmer bestieg den Schlittenbock. «Dann fahren wir. Hü!»

Die beiden Braunen hatten offenbar in grösster Ungeduld auf das Abfahrtszeichen gewartet. Sie legten den Kopf zurück und setzten die Vorderbeine fest in den weichen Schnee. Ihr spiegelblankes Fell dampfte, als sie sich in Gang setzten. Kurz darauf bog der Schlitten mit lustig klingelnden Schellen in die offene Landstrasse ein.

«Jetzt ist es genau so wie auf den Weihnachtspostkarten», sagte Erling.

«Noch viel besser!» erklärte Jan.

«Ihr seid zwei richtige Kopenhagener», lachte Onkel Christian. «Macht euch denn so ein bisschen Schnee schon solchen Eindruck?»

«Ein bisschen?» wiederholte Erling und blickte sich verwundert um. «Offenbar sind Sie in Jütland einiges gewohnt. Ich habe jedenfalls noch nie so viel Schnee auf einmal gesehen. Du etwa, Jan?»

«Nein, noch nie. Aber Lis hat sicher schon oft noch viel mehr gesehen», neckte er die Schwester.

«Witzige Herren!» schnaubte Lis und streckte ihr Stupsnäschen in die Luft.

«Gib acht, dass du nicht Schneeflocken in die kleinen roten Nasenlöcher bekommst», warnte Erling. «Du könntest dich sonst erkälten.»

Lis kniff die Lippen zusammen. Sie wurde immer böse, wenn man auf ihre Himmelfahrtsnase anspielte — dabei war es ein allerliebstes Stupsnäschen, das ihr entzückend stand.

«Könnt ihr noch immer nicht Frieden halten, Kinder?» lachte der Gutsbesitzer und gab den Braunen einen leichten Schlag mit den Zügeln. «Ich weiss noch, wie ihr euch fortwährend aufzogt, als ihr das letztemal hier wart.»

«Ach, damals, als Fräulein Lis Helmer sich als Detektiv versuchte...»

«Ganz recht, Erling», fiel Jan ein. «Es war nur gut, dass wir beide zur Stelle waren, um sie aus der Klemme zu befreien. Soviel ich mich erinnere, war sie damals nicht so hochmütig wie jetzt.»

Der Schlitten war auf dem Kamm eines Hügels angelangt, und die Knaben hatten nun an anderes zu denken, als Lis zu necken. Es schneite nicht mehr so stark, und es bot sich hier oben die schönste Aussicht. Alles war weiss. Im Osten lagen die grossen Wälder um die Himmelbergseen, und der Aussichtsturm auf Dänemarks berühmtestem Berg erhob sich dunkel über die Baumwipfel. Der Schnee verschleierte alles, was in der Ferne lag; aber die Buben konnten doch einzelne Blicke auf die Seen erhaschen, die wie blaugrüne Oasen in einer weissen Schneewüste wirkten.

Helmer liess den Schlitten auf dem Hügelkamm ein Weilchen halten. Er wies mit der Peitsche ringsum zum Horizont und erklärte, was zu sehen war. Er erzählte den Kindern von der nächsten Stadt in der Gegend, von Silkeborg — «Dänemarks Birmingham», wie die Einwohner ihre etwas langweilige Industriestadt gern nannten —, deren Strassen sich alle im rechten Winkel schnitten. Silkeborg war als einzige dänische Stadt buchstäblich von einem einzigen Manne gegründet worden, nämlich von Michael Drewsen, der 1844 die Papierfabrik baute, um die herum die Stadt dann entstand. Drewsen war Silkeborgs ungekrönter König gewesen, und in seiner prächtigen Villa hatte er oft Besuch von Dänemarks damaligem wirklichem König, Friedrich dem Siebenten, empfangen. Die beiden Könige waren Duzfreunde, und wenn sie abends auf der Veranda sassen und die schöne Landschaft betrachteten, überboten sie einander an Witzen und Gelächter. Im Jahre 1855 hatte Silkeborg seinen ersten Pfarrer erhalten. Es war Jens Christian Hostrup.

«War das der Dichter des Lustspiels ‚Die Nachbarn‘?» fragte Jan gespannt.

«Richtig! Diese unsterbliche Studentenkomödie verschaffte ihm grössere Berühmtheit als das Pfarramt in Silkeborg. Nun müssen wir aber weiterfahren, wenn wir nicht als Schneemänner heimkommen wollen.»

Bergab ging die Fahrt schneller. Der Schnee lag hoch auf der Strasse, war aber recht fest. Man merkte, dass Helmer an diesem Tage nicht als einziger den Schlitten benutzt hatte. Zahlreiche Spuren bewiesen, dass die Strasse ziemlich stark befahren war.

Der Schlitten war gerade in einen Seitenweg eingebogen, der nach Raunstal führte, als Jan eine grosse, gebeugte Gestalt erblickte, die mühsam durch den Schnee stapfte. Irgend etwas an der Gestalt kam Jan bekannt vor; aber die Entfernung war noch zu gross, so dass er keine Einzelheiten erkennen konnte. Zufällig fielen seine Augen dann auf den Onkel, und da sah er, dass Christian Helmer die Brauen gerunzelt hatte, und dass um seinen Mund ein harter Zug lag.

Kurz darauf holte der Schlitten den Mann ein, der brummend zu einer Schneewehe am Wegrand auswich. Er hatte die Mütze tief in die Stirne gedrückt; trotzdem gewahrte Jan ein Paar dunkle, bösartige Augen, die ihn anstarrten. Der Mann war bleich und abgezehrt; Wangen und Kinn bedeckten mehrere Tage alte Bartstoppeln.

Der Gutsbesitzer machte ein finsteres Gesicht, indes

er vorbeifuhr, und er antwortete überhaupt nicht, als der Mann ihm höhnisch nachrief: «Fröhliche Weihnachten, Herr Helmer!»

Jan merkte plötzlich, dass durch Boy ein Ruck ging, und unter der Lederdecke ertönte ein gedämpftes anhaltendes Knurren.

«Still, Boy!» befahl Jan, worauf der Hund sofort verstummte.

«Der Hund hat also die Stimme wiedererkannt», sagte Helmer und warf einen Blick zur Seite.

«Ja», gab Jan geistesabwesend zurück, während er Lis musterte, die am ganzen Leibe bebte. Er beugte sich zu seiner Schwester hinüber und streichelte beruhigend ihre Hand. «Frierst du, Lis?»

«Nein...»

«Aber du zitterst ja.»

Lis schaute mit bangen Augen auf die grosse, gebeugte Gestalt, die gerade um eine Wegbiegung verschwand. Dann fragte sie unsicher: «Hast du ihn nicht erkannt, Jan?»

«Doch», antwortete Jan widerstrebend. «Das war Niels Boelsen. Glaubst du, dass er mich wiedererkannt hat, Onkel?»

«Höchst wahrscheinlich», erwiderte Helmer mit belegter Stimme. «Man vergisst sicher nicht so leicht einen Menschen, durch den man anderthalb Jahre ins Gefängnis gekommen ist.»*)

---

*) Wie Jan Niels Boelsen als Wilderer entlarvte und feststellte, dass er mit einem lange gesuchten Bankräuber unter einer Decke steckte, so dass die Polizei beide verhaften konnte, erzählt das auf Seite 9 erwähnte Buch «Jan wird Detektiv».

«Seit wann ist er denn wieder draussen?» fragte Erling, dem auch nicht ganz wohl in seiner Haut war.

«Seit einer Woche. Der Grossknecht Anders erzählte es mir; aber ich dachte mir nichts weiter dabei. Schlagt ihr es euch auch aus dem Kopf, Kinder. Von dieser Seite habt ihr nichts zu befürchten.»

«Ob er nicht doch auf Rache sinnt?» fragte Lis angstvoll.

«Dummes Zeug, Kind!» entgegnete Helmer lachend; aber sein Lachen klang nicht ganz überzeugend.

DRITTES KAPITEL

Klondyke-Carl

Es begann schon zu dämmern, als der Schlitten durch den Torbogen von Raunstal fuhr. Die Glocken klingelten lustig unter dem Steingewölbe und lockten eine kräftig und derb aussehende Dame auf die Freitreppe. Das war Fräulein Madsen, die Haushälterin von Raunstal, die allgemein «Mads» genannt wurde, worüber sie keineswegs beleidigt war.

«Willkommen auf Raunstal, Kinder!» rief sie herzlich und ging den Gästen entgegen.

Nachdem sie Jan und Lis begrüsst hatte, ergriff sie Erlings Hand und schüttelte sie kräftig. «Na, Erling, du siehst ja nicht aus, als ob du Not gelitten hättest, seit du hier warst! Du kannst dich darauf verlassen, dass ich deine Lieblingsspeisen noch weiss, obwohl es anderthalb Jahre her sind, seit ich sie dir vorsetzte. Hoffentlich ist dein Appetit immer in Ordnung?»

«Ja, besten Dank», murmelte Erling, dem ein Klumpen im Halse sass.

«Heute abend bekommst du Apfelkuchen mit Schlagrahm, und ich habe schon das grösste Glas Erdbeerkonfitüre für dich aus dem Keller geholt.»

«Oh!» stöhnte Erling und rollte verzweifelt die Augen. «Aber ich mache gerade...»

Christian Helmer unterbrach ihn lachend: «Mads schliesst immer alle Menschen ins Herz, die ihre Kochkunst zu würdigen wissen. Du hast also einen ganz besonders grossen Stein bei ihr im Brett, Erling. Versprich mir, dass du sie nicht enttäuschen wirst.»

«Finden Sie nicht, dass Erling abgenommen hat, Fräulein Madsen?» fragte Lis mit ihrer unschuldigsten Miene.

«Ja, wahrhaftig!» rief Mads, nachdem sie den unglücklichen Erling eingehend gemustert hatte. «Du Armer, in Kopenhagen gibt es eben nicht so gute, nahrhafte Sachen wie hier auf dem Lande. Aber warte nur, ich werde schon dafür sorgen, dass du wieder zu Fleisch kommst.»

«Au!» schrie Lis auf, als Erling sie nachdrücklich in den Arm kniff.

Eine riesige Gestalt mit breiten Schultern trabte in diesem Augenblick auf die Gruppe zu. Das war der Grossknecht Anders, der die Gäste nicht minder herzlich willkommen hiess, ehe er den Schlitten zur Remise hinüberlenkte. Mit lauter Stimme sang er in völlig falschen Tönen eins der Lieder, die er auf seinem Repertoire hatte, und die Kinder lachten. Es war richtig gemütlich, Anders' Gesangsleistungen wieder einmal zu hören.

«Zu einem Caruso hat Anders sich inzwischen ja nicht entwickelt», bemerkte Erling.

«Ich finde eher, mit den Jahren wird es immer schlimmer», lächelte Helmer, «aber Anders war von jeher ein begeisterter Sänger. Ich glaube gar, er trägt sich mit dem Plan, in Silkeborg Gesangstunden zu nehmen.»

«Das arme Silkeborg!» antwortete Erling mit Überzeugung.

«Nun wollen wir aber hineingehen», mahnte Mads. «Sonst endet es noch damit, dass wir festfrieren.»

Sie ging die Freitreppe hinauf, gefolgt von Lis.

Jan blickte sich suchend um. Dann wandte er sich an den Onkel und fragte: «Wo ist eigentlich Carl?»

«Carl? Ja, den solltet ihr wirklich rasch begrüssen. Lauft zum Kuhstall hinüber und schaut nach, ob er dort ist. Aber bleibt nicht zu lange fort. Mads freut sich schon darauf, zu sehen, wie ihr beim Abendbrot einhaut.»

«Ja, aber, Herr Helmer, ich mache doch gerade...» begann Erling zaghaft.

«Schon gut, schon gut, mein Junge», fiel Helmer lachend ein. «Lauft nur jetzt hinüber und begrüsst euren Freund. Anders trägt eure Koffer ins Zimmer hinauf.»

Die Knaben liefen über den sauberen Weg auf die Stalltüre zu. Jan führte, Erling kam keuchend einige Schritte hinterdrein.

Am Stalleingang prallte Jan beinahe mit Carl zusammen, der seine Freunde offenbar durch das Fenster erspäht hatte.

«Guten Tag, Carl, alter Freund!» grüsste Jan und gab Carl einen freundschaftlichen Schlag auf die Schulter. «Herrlich, dich wiederzusehen!»

«Ganz meinerseits, Jan», antwortete Carl mit breitem Lächeln. «Guten Tag, Erling.»

«Wie geht's, Klondyke-Carl?» grüsste Erling munter. «Hast du gesehen, Jan, wie der Bursche sich entwickelt hat? Er muss ja einen Ochsen mit einem Faustschlag umlegen können.»

«Das habe ich noch nie versucht», grinste Carl, «aber ich kann zwei Säcke Korn auf einmal auf den Mühlspeicher hinauftragen.»

«Zwei Säcke?» wiederholte Jan und betrachtete den Freund bewundernd. «Das ist ja genau so viel, wie Anders tragen kann.»

«Nein, er kann drei aufs Mal schleppen», berichtigte Carl bescheiden. «In zwei Jahren werde ich das vielleicht auch fertigbringen. Ich bin sehr froh, dass du deinen Onkel veranlasst hast, mich als Eleven aufzunehmen, Jan. Ich weiss nur nicht, wie ich dir danken soll...»

Carl begann zu stammeln, und Jan versetzte ihm abermals einen freundschaftlichen Schlag auf die Schulter. «Da gibt's wirklich nichts zu danken, Carl. Du warst uns immer ein guter Freund, und da du unbedingt Landwirtschaft erlernen wolltest, war es ja ganz natürlich, dass ich dich meinem Onkel empfahl.»

«Doch, Jan, ich schulde dir Dank für so vieles, und ich schulde auch deinem Onkel Dank... aber es wird schon ein Tag kommen, an dem ich es euch vergelten kann.»

«Es ist Dank genug, wenn du deine Arbeit gut machst, und daran zweifle ich nicht.»

«Ist dein Onkel zufrieden mit mir?»

«Oh, da kannst du sicher sein!»

Carls ehrliche blaue Augen leuchteten vor Freude. «Ich will noch tüchtiger werden», erklärte er. «Du kannst mir glauben, Jan, die Arbeit hier ist etwas anderes, als in Kopenhagen mit dem Fahrrad herumzugondeln und Waren auszutragen. Wenn ich abends zu Bett gehe, freue ich mich immer schon aufs Aufstehen. Meine Kameraden hier auf dem Hof sind prächtige Burschen, und die Tiere, Jan, die Tiere... oh, mit denen bin ich gut Freund. Wir haben einen feinen Bestand hier. Herr Helmer hat bei der letzten Jungtierschau drei Preise gewonnen.»

«Vermisst du nicht manchmal die Klondyker Buben?» fragte Erling.

«Nein... jetzt nicht mehr, nur in den ersten Wochen haben sie mir oft gefehlt. Das waren ja auch wirklich flotte Kerle. Wir hatten viel Spass miteinander, und an tollen Ereignissen fehlte es nie.»

«Hier auf Raunstal geht es wahrscheinlich friedlicher zu», meinte Jan mit einem kleinen Lächeln.

Carl nickte. «Herr Helmer bekommt öfters Besuch von den Nachbargütern, aber sonst sehen wir keine Seele ausser dem Postboten, Geschäftsvertretern, die mit dem Auto erscheinen, und Landstreichern.»

«Aber im Winter kommen doch keine Landstreicher?»

«Sehr selten. Sie halten sich ja meist in den Städten auf, wenn der Schnee auf den Landstrassen hoch liegt. Vor zwei Stunden war übrigens einer hier. Er verschwand eiligst, als er mich erblickte.»

«Was? Er verschwand?» wiederholte Jan verwundert. «Tun sie das immer?»

«Nein, in der Regel kommen sie ja, um sich etwas zu essen geben zu lassen oder um einen Batzen zu erbetteln. Manche fragen, ob sie in der Scheune schlafen dürfen; aber das erlaubt Herr Helmer nie. Vagabunden und Bettler sind oft mit dem Feuer unvorsichtig, und viele Höfe sind dadurch schon abgebrannt. Hingegen bekommen sie bei uns immer Essen und etwas Geld.»

«Dann verstehe ich nicht, warum der Mann, den du erwähntest, davonlief.»

«Vielleicht rappelte es bei ihm ein wenig», meinte Carl.

«Wo hast du ihn denn gesehen?»

«Hinter der Scheune.»

«Dort ist doch kein Eingang, oder?»

«Nein, im allgemeinen kommen die Leute durch das grosse Tor.»

«Wie sah der Kerl aus?» erkundigte sich Jan, der plötzlich sehr ernst geworden war. «Konntest du ihn näher betrachten, Carl?»

«Ja, er war gross und dünn, und er ging gebückt... die Arme liess er baumeln wie die Affen im Zoologischen Garten.»

«War er unrasiert?»

«Ja, natürlich, das sind sie ja immer...»

«Was für Augen hatte er?»

«Er hatte schwarze, stechende Augen, richtig böse Augen.»

«Und er trug eine Mütze, nicht wahr?»

«Stimmt», nickte Carl überrascht. «Hast du ihn am Ende auch gesehen?»

«Ja, leider!»

In kurzen Worten schilderte Jan die Begegnung mit Niels Boelsen, der als Wilderer und Helfershelfer eines Bankräubers im Gefängnis gesessen hatte. Carl lauschte mit halboffenem Munde, und unwillkürlich ballte er die Hände zu Fäusten.

«Weisst du», sagte Carl, nachdem Jan geendet hatte, «ich werde den Gedanken nicht los, dass der Kerl hier herumschleicht, um eine Gelegenheit zu erspähen, wie er sich an deinem Onkel rächen könnte. Wenn ich ihn in die Finger bekomme, werde ich Mus aus ihm machen!»

Jan schüttelte abwehrend den Kopf. «Nein, lass das sein, Carl. Wir haben kein Recht, uns als Richter aufzuspielen. Wenn du ihn wieder triffst, bring ihn lieber zu meinem Onkel, der dann bestimmen mag, was mit ihm geschehen soll. Hoffentlich kommt Niels Boelsen aber nicht wieder her.»

«Wir sollten uns lieber auf das Schlimmste vorbereiten», sagte Erling mit bedenklicher Miene. «Vieles scheint darauf hinzudeuten, dass die Weihnachtsferien doch nicht so friedlich verlaufen werden, wie wir gedacht haben, lieber Sherlock Holmes! Solche Gesellen wie Niels Boelsen nehmen die heilige Weihnachtszeit sicher nicht so feierlich.»

Kurz darauf verabschiedeten sich die beiden Jungen

von Carl. Es schneite immer noch, als sie den Kuhstall verliessen. Die erhellten Fenster des Gutshauses warfen ihr warmes gelbes Licht über den weissen Platz. Die Schneeflocken glitzerten wie kleine Blitze, wenn sie wirbelnd in den Lichtschein vor den Fenstern gerieten. Das grosse, breite Haus sah so gemütlich und anheimelnd aus, und Erling musste plötzlich daran denken, dass hinter den erhellten Fenstern ein schön gedeckter Abendbrottisch wartete, hergerichtet von der unvergleichlichen Mads. Er stiess einen tiefen Seufzer aus, als er ein geradezu schmerzendes Hungergefühl in der Magengegend spürte.

VIERTES KAPITEL

Diebstahl!

«Hinaus aus den Federn, Langschläfer!»

Es war Jan, der das rief, und er liess den Worten ein schweres Kopfkissen folgen, das mit grosser Genauigkeit auf Erlings Kopf landete, obwohl sein Bett am entgegengesetzten Ende des Zimmers stand.

«Äh... oooh... uuuh... aaah... huuuh!» ertönte es aus der Tiefe des weichen Daunenbettes, und dann wurde es wieder still.

Jan sprang schnell aus dem Bett und schoss quer durchs Zimmer. Mit raschem Griff packte er Erlings Deckbett am Zipfel und zog es unbarmherzig auf den Boden.

«Hilfe! Hilfe!» jammerte Erling. «Ich werde über-
fallen!»

«Ja, das wirst du gleich, wenn du nicht aufstehst»,
lachte Jan und warf Erlings Kissen auf sein eigenes
Bett hinüber.

«Aaa... uuuh... ich bin noch so müde...»

«Dagegen weiss ich ein glänzendes Mittel.» Jan
drehte schnell den Wasserhahn am Waschbecken auf
und füllte ein Glas. «Warte nur!»

Beim Geräusch des fliessenden Wassers fuhr Erling
erstaunlich flink aus dem Bett. Er hatte schon öfters ein
Glas kaltes Wasser ins Gesicht bekommen, wenn es
ihm schwergefallen war, den Schlaf abzuschütteln.

«Das ist unmenschlich», stöhnte er und rieb sich
heftig die Augen. «Es ist, rein herausgesagt, Menschen-
quälerei. Ich erklärte es dir schon, bevor wir abreisten:
Wenn ich mit dir zusammen bin, habe ich nie Ruhe.»

«Du hast acht Stunden geschlafen, Dicker, und das
ist mehr als genug. Wir sind nicht zum Schlafen nach
Raunstal gekommen.»

«Doch, ich wohl!» knurrte Erling. Mit klappernden
Zähnen fügte er hinzu: «Ich friere... ich... friere...»

«Dann wasch dich mit kaltem Wasser. Dabei vergisst man die Kälte», sagte Jan, der schon in vollem
Gang mit der Morgentoilette war.

Er putzte sich die Zähne, wusch sich den ganzen
Körper mit kaltem Wasser, trocknete sich kräftig mit
dem Badetuch ab und schloss mit zwei Minuten Knie-
beugen und Armstrecken.

Erling verfolgte seine Leistungen mit stillem Grauen;
doch da es auf die Dauer zu kalt wurde, ohne Decke im

Bett zu sitzen, schlurfte er endlich zum Waschbecken und begann mit Zahnbürste und Pasta zu hantieren. Seine Zähne klapperten wie Kastagnetten. Jan war geschwind angezogen. Dann ging er zum Fenster, das er trotz Erlings lautem Widerspruch öffnete.

Vom Fenster aus hatte man eine herrliche Aussicht auf das waldbestandene Hügelgelände gegen Osten. Es schneite nicht mehr; aber die ganze Gegend war mit der weissen, weichen Schicht bedeckt. Drunten am Rain standen die Weiden wie eine Reihe missgestaltete Zwerge mit Schneekäppchen. Zwei Kilometer entfernt lag der Nachbarhof wie ein auf dem Schneefeld verlorener roter Backstein. Alles sah so still und unwirklich. aus, und es kam Jan vor, dass alle Abstandsberechnungen erschwert wurden, wenn Bäume, Höfe, Äcker und Wege unter der schirmenden Schneedecke in eins verschmolzen.

Es fiel Jan auf, dass auf dem äusseren Fenstersims nur eine ganz dünne Schneeschicht lag. Lächelnd drehte er sich zu seinem Freund um: «Du Erling, es hat gestern abend gegen elf zu schneien aufgehört.»

«So?» gab Erling ohne grosse Anteilnahme zurück. «Um diese Zeit lag ich warm und gemütlich im Bett.»

«Ich auch.»

«Was? Woher weisst du dann, dass es um elf zu schneien aufhörte?»

Jan lachte. «Ganz einfach, Dicker. Als wir um halb elf heraufkamen, machte ich das Fenster auf, um etwas frische Luft hereinzulassen. Das weisst du doch noch, nicht?»

«Allerdings.»

«Schön. Draussen auf dem Fenstersims lag der Schnee mindestens fünf Zentimeter hoch. Das meiste davon wurde fortgeschoben, als ich das Fenster aufmachte, und den Rest bürstete ich mit den Händen weg.»

«Na, und?»

«Jetzt liegt auf dem Sims nur eine ganz dünne Schicht Schnee. Folglich muss der Schneefall ungefähr eine halbe Stunde später, nachdem ich das Fenster schloss, aufgehört haben.»

«Ich beuge mich in den Staub vor deiner Genialität, Sherlock Holmes», sagte Erling, der nun besserer Laune geworden war.

«Schau lieber zu, dass du fertig wirst», lachte Jan. «Ich mache einen kleinen Spaziergang; aber wir treffen uns in zehn Minuten am Frühstückstisch.»

«Willst du dir Appetit zum Frühstück machen?»

«Nein, das habe ich nicht nötig. Wie steht's denn mit deinem Appetit?»

«Ich werde höchstens ein Ei und zwei Butterbrote zu mir nehmen», antwortete Erling mit der Miene eines Märtyrers. «Du hast doch wohl bemerkt, wie wenig ich gestern abend gegessen habe?»

«Ja, aber es war nur gut, dass Mads nichts merkte, sonst wäre es wohl mit eurer Freundschaft aus gewesen. Also, auf Wiedersehen!»

Jan verschwand durch die Türe. Er ging durch den langen Flur und dann die Treppe hinunter zur Halle, ohne einem Menschen zu begegnen. Auf der Freitreppe draussen lag der Schnee weiss und unberührt. Man sah deutlich, dass noch keiner der Hausbewohner hinausgegangen war. Jan ging weiter über den Hof und durchs Tor. Der Schnee lag hoch, und er war froh, dass er seine Gummistiefel angezogen hatte.

Hinter dem Gutshaus breitete sich der grosse Garten von Raunstal aus. Mit einiger Mühe bekam Jan das Gartentor auf; der hohe Schnee hemmte es. Jan musste die Beine anziehen, während er durch den ellenhohen Schnee watete. Eine grosse Wehe lag auf der Treppe zum Gartenzimmer. In losen Stücken stäubte der Schnee von den Zweigen der grossen Ulmen und legte sich als feiner Puder auf Jans Mütze und Schultern.

Als er zu dem Tor am entgegengesetzten Ende des Gartens gelangte, blieb er einen Augenblick stehen, als ob ihm ein Gedanke durch den Kopf gezuckt wäre. Dann setzte er seinen Weg auf der Rückseite des Stalles fort, weiter an der Scheune vorbei, und zehn Minuten später schritt er wieder durch den Torbogen von Raunstal. Überall hatte der Schnee weiss und unberührt gelegen; nur auf dem Hofplatz war er von vielen Füssen festgetreten. Das war jedoch nicht verwunderlich; denn die Leute hatten natürlich schon vor zwei Stunden mit der Tagesarbeit angefangen. Drüben im Stall sang Anders in den höchsten und falschesten Tönen:

> «Es war ein Samstagabend,
> Da sass ich und wartete dein.
> Versprachst du nicht zu kommen,
> Mein holdes Mägdulein...»

Jan fand es belustigend, das Tagewerk mit einem solchen Text zu beginnen, und er lächelte vor sich hin, als er die Freitreppe hinaufstieg.

Im Esszimmer sassen Onkel Christian und Erling in eifrigem Gespräch. Sie blickten beide auf, als Jan eintrat, und der Gutsbesitzer sagte mit einem merkwürdigen Lächeln: «Guten Morgen, Herr Detektiv. Hör einmal, bald getraue ich mich nicht mehr, dich nach Raunstal einzuladen.»

«Warum denn nicht, Onkel?» fragte Jan verblüfft.

«Weil immer ,etwas geschieht', wenn du in der Nähe bist.»

«Was ist geschehen?» erkundigte sich Jan und hielt den Atem an.

«Heute nacht ist ein Diebstahl begangen worden!»

«Ein Diebstahl?» stiess Jan hervor. «Was... was ist denn gestohlen worden, Onkel?»

Helmer lehnte sich in seinem Stuhl zurück und rieb sich mit nachdenklichem Ausdruck das Kinn. Dann sagte er: «Der alte Renaissanceschrank in meinem Arbeitszimmer ist aufgebrochen worden, und man hat eine ziemlich kostbare goldene Tabaksdose gestohlen... du kennst sie ja, ich zeigte sie dir einmal. Es ist ein altes, handgearbeitetes Stück, das noch von deinem Urgrossvater stammt.»

FÜNFTES KAPITEL

Jan betätigt sich

Mehrere Sekunden lang sass Jan stumm vor Überraschung. Schliesslich sagte er: «Du musst sofort die Polizei benachrichtigen, Onkel!»

«Kommt nicht in Frage», entgegnete der Gutsbesitzer bestimmt.

«Weshalb denn nicht?»

«Weil ich nicht will, dass hier Polizeibeamte herumlaufen, wenn die Weihnachtsgäste ankommen. Die ersten Gäste treffen schon mit dem Nachmittagszug ein, und morgen vormittag kommen die übrigen. Ganz abgesehen von ihrem Erinnerungswert ist die Golddose gut zweitausend Kronen wert; aber ich mag die gemütliche Weihnachtsstimmung nicht von Polizisten verderben lassen, die in den Zimmern herumstampfen und Fingerabdrücke suchen.»

«Aber was sollen wir denn sonst machen, Onkel?» fragte Jan verwirrt und schaute sich im Zimmer um, als erwartete er, den Dieb irgendwo auftauchen zu sehen.

«Wenn die Gäste fort sind, werde ich die Polizei benachrichtigen, doch keine Minute früher.»

«Dann ist der Dieb ja längst über alle Berge, Onkel, und den Polizeileuten wird die Arbeit sehr erschwert. Vielleicht wird der Diebstahl dann nie aufgeklärt.»

«Ich würde der Polizei deshalb keinen Vorwurf machen, mein Junge, sondern meinen Verlust wie ein Mann tragen.»

Jan setzte sich und schwieg eine Weile. Schliesslich fragte er: «Wie ist der Diebstahl verübt worden, Onkel?»

«Ja, wie wohl? Der Dieb muss durch die Türe des Gartenzimmers eingedrungen sein.»

«Durchs Gartenzimmer? Ist die Türe aufgebrochen worden?»

«Nein, sie zeigt keine Spuren von Gewaltanwendung.»

«Dann hat sich der Dieb wohl mit einem Nachschlüssel Einlass verschafft, nicht?»

«In diesem Falle müsste er über ganz ungewöhnliche Fähigkeiten verfügen. Das Türschloss selbst ist sehr kompliziert, und ausserdem ist ein Patentschloss angebracht mit einem Schubriegel auf der Innenseite der Türe.»

«Aber wie in aller Welt kann er dann eingedrungen sein?»

«Ich muss gestern abend vergessen haben, die Türe abzuschliessen.»

«Vergessen?» wiederholte Jan mit einem Gesicht, das einem grossen Fragezeichen glich. «Seit vielen Jahren schliesst du jeden Abend selbst die beiden Türen des Gutshauses ab, und soviel ich weiss, hast du es noch nie vergessen.»

«Stimmt, aber einmal muss ja immer das erstemal sein», bemerkte Helmer trocken. «Der Mensch ist nicht fehlerlos, Herr Detektiv.»

«Wann hast du die Golddose zuletzt gesehen, Onkel?»

«Gestern abend. Ich musste einige Papiere aus dem Schrank holen, und da stand die Dose auf ihrem üblichen Platz.»

«Sasst du im Arbeitszimmer, bis du schlafen gingst?»

«Ja, ich führte meine Bücher.»

«Wann gingst du zu Bett?»

«Zwischen elf und halb zwölf.»

«Sonderbar», bemerkte Jan, dessen Augen einen sehr nachdenklichen Ausdruck annahmen.

«Was ist sonderbar?» fragte Onkel Christian neugierig.

«Ach, mir ist nur etwas eingefallen», antwortete Jan ausweichend. «Darf ich mir den Schrank einmal näher ansehen, Onkel?»

«Selbstverständlich. Es würde mich freuen, wenn du irgend etwas entdecken könntest, das zur Lösung des Rätsels führen würde.»

Alle drei begaben sich in das Arbeitszimmer. Jan warf einen schnellen Blick ringsum; aber es fiel ihm nichts Besonderes auf. Dann trat er zu dem alten Renaissanceschrank, dessen Türe spaltbreit offen stand. Eine ganze Weile betrachtete er gefesselt die Türe, die mit sehr feinen Instrumenten aufgebrochen worden sein musste, allerdings auch mit grosser Behutsamkeit; denn das alte Holzwerk hatte fast nichts abbekommen. Nur in der Nähe des Schlosses fehlten ein paar kleine Splitter. Auf dem untersten Bord im Schrank lag etwas Asche, die noch so fest war, dass Jan erkennen konnte, dass sie von einer Zigarre stammte. Ein bisschen von der Asche lag auch auf einer grossen grauen Kartonmappe, auf der stand: «Betriebsrapporte Raunstal».

Jan drehte sich zu seinem Onkel um und fragte eifrig: «Weisst du noch, Onkel Christian, ob du gestern abend geraucht hast, als du deine Bücher in den Schrank legtest?»

«Ob ich da rauchte?» wiederholte Helmer leicht erstaunt. «Nein, das weiss ich wirklich nicht mehr... obwohl... doch, ich erinnere mich! Ich weiss genau, dass ich nicht rauchte; denn nachdem ich die Bücher hineingelegt und den Schrank abgeschlossen hatte, entdeckte ich, dass meine Zigarre da drüben auf dem Aschenbecher lag und ausgegangen war.»

«Dann muss der Dieb eine Zigarre geraucht haben.»

«So? Wieso?»

«Weil hier auf dem Bord Zigarrenasche liegt.»

Helmer trat näher, um sich zu überzeugen, dass Jans Beobachtung stimmte. Dann sagte er: «Das könnte aber auch Asche sein, die ich früher am Tage verloren habe... oder vielleicht vorgestern.»

«Nein, das ist nicht gut möglich», lächelte Jan, «denn es ist ja auch auf die graue Mappe Asche gefallen, die deine Betriebsrapporte enthält, und damit hast du dich doch gestern abend beschäftigt, nicht wahr?»

«Du bist wahrhaftig ein richtiger Sherlock Holmes, dem nichts entgeht», rief Helmer und sah seinen Neffen bewundernd an. «Ja, du hast natürlich recht. Der Dieb muss eine Zigarre geraucht haben, während er die Golddose herausnahm. Ein seltsamer Dieb übrigens!»

«Das finde ich auch», stimmte Jan zu, der sich nun daran machte, den Fussboden gründlich zu untersuchen.

Jede einzelne der blankgewichsten Eichenplanken wurde genau untersucht; aber sie waren allesamt sauber und wiesen keinen einzigen Flecken irgendwelcher Art auf.

Jan richtete sich auf und ging durch die Zwischentür zum Gartenzimmer, wo er den Parkettboden ebenso sorgfältig prüfte. Er lächelte unmerklich, als er sah, dass sämtliche Bretter ebenfalls rein und fleckenlos waren. Der ganze Boden glänzte spiegelblank von Bohnerwachs.

Die Türe zum Garten war zugezogen, aber nicht abgeschlossen. Nur an der Türe war der Fussboden ein bisschen nass. Der nasse Streifen stammte zweifellos von geschmolzenem Schnee.

Als Jan seine Untersuchungen beendet hatte, wandte er sich an den Onkel und sagte munter: «Ja, dieser Diebstahl sieht ja auf den ersten Blick ziemlich geheimnisvoll aus; trotzdem bin ich sicher, dass er sehr leicht aufzuklären ist!»

«Was? Er ist leicht aufzuklären?» Onkel Christian nahm die Zigarre aus dem Mund und schaute seinen Neffen mit grossen Augen an. «Du willst mir doch nicht erklären, dass du schon eine Spur gefunden hast?»

«Massenhaft Spuren, Onkel!»

Jan blieb in tiefe Gedanken versunken einen Moment stehen. Dann sagte er ein wenig überraschend: «Ob wir nicht lieber erst einen Schluck Kaffee trinken, ehe wir mit der Suche fortfahren?»

«Ich habe weder Lust auf Kaffee noch auf selbstgebackenes Brot», erklärte Erling mit einem gewissen Stolz. «Dieser Diebstahl ist für mich wie Manna vom Himmel gekommen. Er wird meiner Abmagerungskur sehr gut tun.»

Als sie kurz darauf wieder am Frühstückstisch sassen, erwies es sich, dass Erling nicht übertrieben hatte. Er trank nur eine einzige Tasse Kaffee und rührte das selbstgebackene knusprige Brot buchstäblich nicht an.

Helmer hatte Mads natürlich von dem Diebstahl in Kenntnis gesetzt, und die würdige Dame war infolgedessen sehr erregt.

«Ich finde es ganz verkehrt, Herr Helmer, dass Sie

sich nicht an die Polizei wenden!» sagte sie gereizt, während sie mit grösster Energie ihren Löffel in der Kaffeetasse kreisen liess.

«Aber, Mads, wir haben ja Jan!» entgegnete der Gutsbesitzer friedfertig.

«Jan ist nicht dasselbe wie die Polizei von Silkeborg», sagte Fräulein Madsen, die vor der Ortsbehörde die tiefste Achtung hegte.

«Sicher nicht», räumte Helmer ein. «Aber ich habe mich nun einmal entschlossen, ihm eine Chance zu geben. Wenn er bis zum dritten Weihnachtstag zu keinem Ergebnis gelangt ist... na ja, dann werde ich die Hilfe des Silkeborger Sherlock Holmes in Anspruch nehmen.»

«Dann ist es zu spät, Herr Helmer!»

«Möglich, aber das wäre ja kein allzu grosses Unglück.»

Fräulein Madsen erhob sich mit saurer Miene. Nach einem raschen Blick über den Tisch erklärte sie kurz: «Ich muss in die Küche, wenn alles in Ordnung sein soll, bis die Gäste kommen.»

Damit verschwand sie und machte die Türe nachdrücklich hinter sich zu.

«So, nun ist sie gekränkt», lächelte der Gutsbesitzer. Er wandte sich an Jan und bat: «Lass mich jetzt hören, wie weit du mit deinen Überlegungen gekommen bist, Junge.»

Jan schwieg eine Weile. Dann antwortete er: «Ich kann mit Sicherheit sagen, Onkel, dass sich der Dieb hier im Hause befindet... vorläufig noch.»

40

SECHSTES KAPITEL

Wer ist der Dieb?

Jans feste Aussage hatte eine merkwürdige Wirkung auf die beiden andern am Tisch.

Erlings sonst so aufgewecktes Gesicht bekam einen gaffenden Ausdruck, und es ertönte ein schwaches Klirren, als Gutsbesitzer Helmer seine Tasse abstellte, wobei er nach Luft schnappte.

Helmer war der erste, der den Gebrauch der Sprache zurückgewann. Mit einem unbestimmbaren Gesichtsausdruck fragte er: «Was sagst du da, Jan? Du behauptest, dass der Dieb sich hier im Hause befindet?»

Jan antwortete nicht sofort. Einen Moment sah es aus, als ob er seine Worte bereute. Absichtlich vermied er es, dem forschenden Blick des Onkels zu begegnen, als er erwiderte: «Ja, ich bin sicher, Onkel Christian... oder... äh... um ganz ehrlich zu sein: Fast sicher. Vater hat mir nämlich oft genug vorgehalten, dass man sich nie sicher fühlen soll, ehe man die unumstösslichen Beweise in Händen hat, und... nun ja, Beweise in diesem Sinne habe ich noch nicht; aber ich bin überzeugt, dass ich sie in kurzer Zeit bekommen werde.»

«Drück dich gefälligst etwas deutlicher aus, Junge!» befahl Helmer mit erkünstelter Strenge.

Jan wurde rot und rutschte unruhig auf seinem Stuhl herum. Man merkte gut, dass er sich in seiner Haut nicht wohl fühlte. Onkel Christian musste ihn noch einmal auffordern, bevor er unsicher antwortete: «Ich möchte vorläufig noch nicht näher darauf eingehen,

Onkel; aber es deutet etwas darauf hin, dass ich recht habe, wenn... ja, wenn ich mich nicht irre.»

«Das kann man wirklich unbestreitbare Logik nennen», bemerkte Helmer trocken. «Sicher hast du recht, wenn du dich nicht irrst! Tja, soviel ich sehe, gibt es also nicht mehr als diese beiden Möglichkeiten. Du redest wahrhaftig wie das griechische Orakel; aber ich hätte ganz gern einen etwas klareren Bescheid. Wenn der Dieb sich irgendwo hier im Hause versteckt, müssen wir doch sofort eine Haussuchung vornehmen.»

Jan gewann plötzlich seine alte Sicherheit zurück. Er schaute seinen Onkel an und erkundigte sich mit einem kleinen Lächeln: «Darf ich dir zuerst ein paar Fragen stellen, Onkel Christian?»

«Ja, natürlich», brummte Helmer.

«Wie viele Bewohner hat das Gutshaus augenblicklich... ausser dir und Fräulein Madsen?»

«Wie viele? Das kann ich wahrhaftig nicht so ohne weiteres sagen. Lass mich überlegen. Es sind übrigens gar nicht viele. Im Hauptgebäude wohnen... die beiden Zimmermädchen, Karen und Else, und die Köchin, Fräulein Jansen. Du kennst sie ja alle drei. Sie wohnen oben an demselben Gang, wo ihr euer Zimmer habt. Vorderhand können wir gewiss davon absehen, dass die drei irgend etwas mit dem Diebstahl zu tun haben.»

«Sonst wohnt niemand im Hauptgebäude?»

«Augenblicklich nicht. Die Leute wohnen ja alle drüben im andern Flügel. Da haben wir den Verwalter, die beiden Grossknechte und sechs Knechte, euren Freund Carl, zwei Burschen, vier Mägde... und... ja, dann sind natürlich noch die beiden Lohndiener aus Silkeborg da.»

«Wohnen die Lohndiener auch im Gesindeflügel?»

«Ja. Ich liess sie schon gestern nachmittag herkommen, weil ich Sorge hatte, dass sie sonst wegen des Schnees nicht beizeiten hier sein würden. Hier im Hauptgebäude war kein Platz für sie, weil wir sämtliche Gastzimmer brauchen. Deshalb liess ich sie drüben im Flügel unterbringen. Du hast doch nicht etwa Verdacht gegen die beiden armen Kerle?»

«Nein, wie sollte ich?» entgegnete Jan ausweichend. «Du hast die beiden Diener doch nur angestellt, damit sie in den Weihnachtstagen servieren, nicht wahr?»

«Ja, sie wurden mir von einem mir wohlbekannten Stellenvermittlungsbüro in Silkeborg empfohlen. Darf ich aber nun um eine Erklä...»

«Das Frühstück schmeckte herrlich, Onkel», fiel Jan hastig ein und stand auf. «Ich sage kein Wort mehr, bis ich dir den Dieb vorführen kann!»

Der Gutsbesitzer musste wider Willen lachen. «Du bist ein Teufelskerl, Jan; aber es würde mich gar nicht wundern, wenn du plötzlich mit einer überraschenden Lösung kämst. Etwas erstaunt mich jedoch im höchsten Grade.»

«Was denn, Onkel?»

«Dass du nicht gelernt hast, wie man sich bei Tisch zu benehmen hat.»

Jan wurde puterrot und nahm schnell wieder Platz. Seine Stimme klang sehr zahm, als er murmelte: «Ich bitte um Entschuldigung.»

«Lass nur, mein Junge», lachte der Onkel gemütlich.

«Ich habe bloss Spass gemacht. Hier auf Raunstal pflegen wir es mit der Etikette nicht so ernst zu nehmen. Du hast ja vorhin gesehen, wie Mads zur Unzeit verschwand. Lauf du nur, wenn du noch etwas zu untersuchen hast. Und es könnte ja auch sein, dass Erling sich mehr für den Diebstahl interessiert als für Fräulein Madsens wohlgedeckten Tisch. Ab mit euch, Buben!»

Die Knaben sprangen wie auf Kommando auf. Erling war schon auf dem Wege zur Türe, als ihm ein Gedanke kam, der ihn umkehren liess. Schnell trat er zum Tisch, steckte seinen Löffel in die grosse Schale mit Erdbeerkonfitüre und verschmierte behutsam ein klein wenig Konfitüre auf seinem Teller.

Helmer verfolgte dieses Unternehmen mit verwunderten Augen und fragte: «Was soll das eigentlich? Was treibst du da?»

Erling lächelte pfiffig. «Tarnung, Herr Helmer! Fräulein Madsen weiss doch, dass ich wild auf Erdbeerkonfitüre bin, und sicher hat sie die Riesenschale mir zu Ehren auf den Tisch gestellt. Sie wäre bestimmt betrübt, wenn sie sähe, dass ich ihre leckre Konfitüre überhaupt nicht angerührt habe; aber wenn sie die ‚Reste‘ auf meinem Teller sieht, wird sie wohl glauben, dass ich tüchtig eingehauen habe.»

Helmer lachte dröhnend. «Das kann man wahrhaftig zarte Rücksichtnahme in Kleinigkeiten nennen. Du bist wohl bei Jan in eine gute Schule gegangen, wie?»

«Ich möchte bei Fräulein Madsen nicht gern in Ungnade fallen», erwiderte Erling ernst.

«Nein, das wäre nicht ratsam», bekräftigte Helmer mit dem Brustton der Überzeugung.

Im gleichen Augenblick kam Mads herein, um zu schauen, ob auf dem Tisch irgend etwas fehlte. Leicht verwirrt betrachtete sie die beiden Jungen, die gerade durch die Türe verschwinden wollten. «Was soll denn das heissen?» rief sie, und ihre Miene wurde gar noch saurer als zuvor. «Ihr wollt mir doch nicht einreden, dass ihr schon fertig gefrühstückt habt? Hat es dir am Ende nicht geschmeckt, Erling?»

«Es war... es war wie ein Traum, Fräulein Madsen», versicherte Erling. «Aber die Pflicht ruft!»

«Die Pflicht?»

«Ja... äh... wir müssen... äh...»

«Onkel Christian hat uns erlaubt, Carl aufzusuchen und ihm zu helfen», fiel Jan ein und rettete damit die Lage einigermassen.

«Trotzdem sonderbar.» Fräulein Madsen schüttelte den Kopf, und ihr Gesicht verdunkelte sich so sehr, dass die beiden Freunde es für angebracht hielten, sich rasch zu verziehen.

Auf dem Flur trafen sie Lis, die soeben auf dem Wege zum Frühstückszimmer war.

«Guten Morgen, edles Fräulein», grüsste Erling untertänigst. «So früh schon auf?»

Lis setzte eine spöttische Miene auf. «Glaubst du, ich wüsste nicht, dass du noch sanft und selig schnarchen würdest, Dicker, wenn Jan dich nicht aus den Federn geholt hätte!» Sie musterte die Knaben neugierig. Dann sagte sie: «Ich kenne euch, wenn ihr ein solches Gesicht macht. Ihr habt etwas vor. Was?»

«Aber, aber!» rief Erling mit gespielter Entrüstung. «Eine Dame darf nicht so neugierig sein.»

«Dummes Zeug, Dicker! Was ist geschehen, Jan?»

«Nichts weiter, als dass Fräulein Lis Helmer eine halbe Stunde zu spät zum Frühstück erscheint...»

«Kindskopf!» schnaubte Lis.

Jan trat einen Schritt näher und betrachtete mit grösstem Interesse das Gesicht seiner Schwester. Schliesslich fragte er: «Sag einmal, Schwesterherz, hast du vielleicht schon gefrühstückt?»

«Nein. Wie kommst du darauf?» gab sie argwöhnisch zurück.

«Oh, deine Lippen sind so rot, dass ich dachte, du hättest Erdbeerkonfitüre gegessen!»

Jan sprang behende zur Seite, als Lis nach ihm ausholte. Beide Buben lachten, als sie mit hocherhobenem Kopf ins Esszimmer ging.

SIEBENTES KAPITEL

Erling sieht Gespenster

Als die beiden Jungen den Hofplatz betraten, sah Erling seinen Freund erwartungsvoll an und fragte: «Und wie lauten nun die Befehle, grosser Meister?»

«Sie lauten ganz einfach: Wir wollen es vorläufig mit der Ruhe nehmen.»

«Was? Mit der Ruhe nehmen?» wiederholte Erling verblüfft. «Ich dachte im Gegenteil, es stünden uns schwierige, verantwortungsvolle Aufgaben bevor. Hast du denn nicht die Absicht, den Dieb zu entlarven?»

«Er ist schon entlarvt!»

«Allmächtiger Strohsack!» stiess Erling überwältigt hervor, und um ein Haar hätte er sich rücklings in eine grosse Schneewehe gesetzt. «Jan, mein einziger und bester Freund, du hältst mich doch nicht etwa am Vortag des heiligen Weihnachtsabends zum Narren?»

«Im Gegenteil. Ich bin so ernst wie ein Leichenbitter. Der Dieb ist schon entlarvt... oder vielleicht sollte ich lieber sagen: Ich weiss, wer der Dieb ist.»

«Warum setzen wir ihm dann nicht auf der Stelle die Pistole auf die Brust?»

Jan lächelte geheimnisvoll. «Aus bestimmten Gründen lässt sich das noch nicht machen. Aber ich habe eine kleine Überraschung für denjenigen bereit, der so geschickte Finger hat.»

«Du sprichst wie immer in Rätseln, edler Meisterdetektiv. Kannst du nicht wenigstens ein Zipfelchen von dem Schleier lüften, der dein grosses, überraschendes Geheimnis bedeckt?»

«Lieber Freund, in unserer ganzen ruhmreichen alten Schule gibt es keinen hervorragenderen Kopf als den deinen, wenn es sich um geschichtliche Einzelheiten, mathematische Formeln, Physik, Chemie, Biologie, Geographie und gleichgestellte Wissenschaften handelt...»

«Was hat das mit der Sache zu tun?»

«Eigentlich nichts, aber es hat mich gewundert, dass ein so hervorragender Kopf bei den leichtesten Kriminalaufgaben versagt. Im Vergleich zu deinem Kopf hat mein Hirn ein sehr bescheidenes Format, trotzdem brauchte ich nicht mehr als zehn Minuten, um herauszufinden, wer Onkel Christians antike goldene Tabaksdose gestohlen hat. Du warst ja bei der Untersuchung zugegen, und du hattest Gelegenheit, dieselben Spuren zu sehen, die ich entdeckte... bis auf eine...»

Jan stand ein Weilchen stumm. Dann fuhr er fort: «Ja, eine einzige Tatsache kennst du noch nicht; aber du sollst sie jetzt zu sehen bekommen, und ich wäre sehr enttäuscht, wenn du mir hernach nicht sagen kannst, wer die Golddose gestohlen hat.»

«Ich errate es niemals», klagte Erling.

«Erraten? Du sollst es ja auch gar nicht raten! Wir hatten es noch nie mit einer so leichten Aufgabe zu tun. Jeder einzelne Umstand weist auf eine ganz bestimmte Person hin, und in der Beweiskette fehlt kein einziges Glied. Komm nun!»

«Wohin gehen wir?»

«Wir wollen die Tatsache feststellen, die du noch nicht kennst. Folg mir nur.»

Erling ging hinter Jan durch das Tor. Wie vor dem Frühstück bog Jan zum Garten von Raunstal ab und watete mühsam durch den hohen Schnee.

Einmal drehte er sich zu seinem Freund um, der ihm atemlos auf den Fersen folgte, und sagte: «Du siehst doch, dass wir immerzu in einer bestimmten Fußspur gehen, nicht wahr?»

«Ja», stöhnte Erling.

«Gut. Das ist meine Fußspur, Dicker. Hier bin ich heute früh umhergewandert. Mehr sage ich vorläufig nicht. Gebrauch deine Augen unterwegs!»

Erling stiess einen Seufzer der Erleichterung aus, als sie jenseits des Gartens haltmachten. Er dachte, das Unternehmen wäre nun beendet, wurde jedoch arg enttäuscht.

«Weiter!» befahl Jan unbarmherzig und watete an der Rückseite des langen Stallgebäudes entlang.

Am Ende der Scheune blieb Jan unvermittelt stehen und schaute sich mit forschendem Blick um. Es war deutlich zu merken, dass ihn irgend etwas überrascht hatte.

«Was ist los?» erkundigte sich Erling, der froh war, ein wenig ausschnaufen zu können.

«Siehst du dort die Fußspuren im Schnee?»

«Ja, natürlich.»

«Sie waren nicht hier, als ich vor dem Frühstück dieselbe Runde machte.»

«Wie unheimlich», spottete Erling.

Jan gab keine Antwort. Er bedeutete dem Freund mit einem Zeichen, stehenzubleiben, und untersuchte die fremden Fußspuren näher. An einer Stelle liefen sie ineinander; doch dann entdeckte Jan, dass zwei Personen sich hier getroffen haben mussten. Die eine Person war vom entgegengesetzten Ende der Scheune gekommen und den gleichen Weg zurückgegangen. Die andere war von den Feldern hergekommen, die schräg zur Wiese abfielen, und offenbar wieder dorthin verschwunden.

«Komm einmal hierher, Erling», sagte Jan.

Erling trat näher und fragte keuchend: «Was gibt's?»

«Schau dir einmal die verschiedenen Fußspuren an, und erzähl mir, was du daraus ersiehst.»

«Keine Spur ersehe ich aus der Spur», erklärte Erling, nachdem er die Fährten einige Sekunden betrachtet hatte.

«Unsinn, Dicker! Du musst doch eine Menge daraus

ersehen. Es ist die grosse Chance deines Lebens. Versuch's noch einmal!»

Erling versuchte es getreulich, und diesmal liess er sich mehr Zeit. Das mit der «grossen Chance» klang verlockend, fand er. Es wäre recht vergnüglich, wenn man Herrn Jan Sherlock Holmes zur Abwechslung einmal Eindruck machen könnte! Aber das war gar nicht so leicht.

Nach einer Weile sagte Erling vorsichtig: «Ja, nun habe ich sicher genug geschaut.»

«Na, und zu welchem Ergebnis bist du gekommen?»

«Also... es sieht fast so aus, als ob irgendeine Person vom Hof sich mit einer andern Person getroffen hat, die über die Wiese gegangen ist.»

«Bravo, Dicker! Was noch?»

«Was noch?» wiederholte Erling. «Gibt es denn noch mehr?»

«Natürlich! Findest du die Begegnung nicht auch merkwürdig?»

«Ja, es ist vielleicht ein merkwürdiger Treffpunkt, falls du das meinst. Der Mann, der von der Wiese gekommen ist, muss ja eine schreckliche Mühe gehabt haben, durch all den Schnee zu waten», sagte Erling und seufzte beim Gedanken an die Beschwerlichkeiten, denen sich dieser Unbekannte ausgesetzt hatte. «Er hätte es ja viel leichter gehabt, wenn er den bequemeren Weg über die Landstrasse und durchs Tor genommen hätte wie andere normale Menschen... aber... na ja, vielleicht wollte er sich absichtlich etwas mehr Bewegung machen.»

«Du bist gut, Dicker», lächelte Jan. «Hast du keine originellere Erklärung?»

«Es liesse sich auch denken, dass die beiden die Begegnung geheimhalten wollten... dass sie nicht von andern gesehen werden wollten...»

«Glänzend!» fiel Jan ein und versetzte dem Freund einen kräftigen Schlag auf die Schulter. «Du machst dich wirklich!»

«Ja, das ist natürlich die Lösung», sagte Erling befriedigt.

«Das ist möglicherweise die Lösung», verbesserte Jan.

«Was? Nun glaubte ich schon, wir wären uns einig», rief Erling und bückte sich wieder zum Boden. «Du hast eine höchst unangenehme Art, einem die gute Laune zu verderben.»

«Nimm es mit der Ruhe, lieber Freund», riet Jan und lachte. «Ich bin fast sicher, dass du recht hast; aber einen Beweis haben wir nicht. Kannst du mir sonst noch etwas von den Spuren erzählen?»

«N... nein.»

«Dann schau dir die Spuren etwas näher an, die an der Scheunenwand entlangführen.»

Erling kam der Aufforderung nach und sagte dann ein wenig unsicher: «Es scheint mir fast, als ob diese Spur nicht ganz gleichmässig wäre. Ich meine, der rechte Fuss sitzt ziemlich fest im Schnee, der linke hingegen schleppt...» Erling brach jählings ab und blieb starren Blickes stehen.

«Was ist los?» fragte Jan verwundert.

«Gentleman-Harry!» stöhnte Erling.

«Was ist? Gentleman-Harry?»

«Ja, der Bankräuber, den wir vor anderthalb Jahren zusammen mit Niels Boelsen hier in Raunstal erwischten und der Polizei auslieferten!» flüsterte Erling und sah schnell ringsum, als fürchtete er, dass die beiden Übeltäter plötzlich in der Landschaft auftauchen könnten.

Jan war zuerst ganz verwirrt; doch dann lachte er auf einmal aus vollem Halse.

Anfangs betrachtete Erling diese geräuschvolle Heiterkeit mit allen Zeichen des Missbehagens; schliesslich aber wurde er angesteckt, und er schaute sich nicht mehr beunruhigt um.

«Siehst du Gespenster?» fragte Jan, der nun etwas ernster geworden war.

«Gespenster, nein. Es war mir bloss etwas eingefallen, etwas...»

Jan nickte. «Ich weiss recht gut, was dir eingefallen war, und mir ist auch der Grund klar. Aus der Spur dort ersieht man, dass der Mann das eine Bein nachgezogen hat, genau wie Gentleman-Harry vor anderthalb Jahren, und gleichzeitig musstest du an Niels Boelsen denken, den wir ja gestern getroffen haben. Dein flinkes Hirn legte schnell zwei und zwei zusammen, und so gelangtest du zu dem überraschenden Ergebnis, dass die beiden Verbrecher sich heimlich hinter der Scheune getroffen haben. Stimmt's?»

«Aufs Tipfelchen!»

«Ja, das dachte ich mir. Aber meinst du nicht auch, es spricht viel dagegen, dass Gentleman-Harry der eine Teilnehmer der Begegnung war?»

«Er sitzt wohl noch immer im Gefängnis?»

«Ja, er bekam sechs Jahre Gratiserholung im Staatsgefängnis von Horsens, und wir haben ja nichts davon gelesen, dass er ausgebrochen ist. Es spricht aber noch etwas dagegen.»

«Was denn?»

«Wir können es als ausgeschlossen betrachten, dass Gentleman-Harry immer noch hinkt. Vor anderthalb Jahren warf ihm ein geistesgegenwärtiger Bankangestellter einen Briefbeschwerer ans Bein, so dass Gentleman-Harry humpeln musste; aber dieses kleine Gebrechen muss er längst überwunden haben. Mit Niels Boelsen ist es hingegen etwas anderes...»

«Glaubst du, dass er von der Wiese hergekommen ist?»

«Ich bin so gut wie sicher!»

ACHTES KAPITEL

Erling triumphiert

Eine Viertelstunde später sassen die beiden Knaben in ihrem Zimmer. Vielleicht wäre es richtiger, zu sagen, dass der eine sass; denn Erling hatte sich nach den überstandenen Strapazen natürlich sofort hingelegt. Er lag auf dem Sofa und blickte Jan abwartend an.

«Jetzt können wir wohl ein Stündchen ausruhen?» fragte er.

«Du kannst deinen müden Leib gern ruhen lassen; aber das Hirn sollte deshalb um so mehr arbeiten.»

«Du meine Güte», seufzte Erling, «man hat weder Rast noch Ruhe, wenn du in Sichtweite bist. Womit soll ich mich denn nun abplagen, du Ungeheuer?»

«Du sollst mir erzählen, wer Onkel Christians Tabaksdose gestohlen hat.»

«Ich gebe es von Anfang an auf. Wenn du weisst, wer der Dieb ist, genügt es ja.»

«Durchaus nicht», entgegnete Jan unerbittlich. «Du wirst deinen Kopf jetzt einmal an etwas anderem als an mathematischen Formeln üben. Was entdecktest du auf unserem Rundgang?»

«Zwei fremde Fußspuren.»

«Davon wollen wir vorläufig absehen. Was sonst?»

«Sonst nichts.»

«Dummes Zeug, Dicker, denk nach!»

«Sonst sah ich nur noch deine Fußspur.»

«Keine andere Spur, die zum Gutshaus führte oder von Raunstal fort?»

«Keine einzige. Das heisst, abgesehen von der Spur, die zur Wiese führte.»

«Schön, damit wäre das Ganze geklärt... oder beinahe das Ganze. Ich brauche dir nur zu sagen, dass der Schnee vor anderthalb Stunden ganz unberührt auf der Freitreppe lag, und dass eine grosse Schneewehe an der Türe zum Gartenzimmer ebenso unberührt war. Das sind, wie du weisst, die beiden einzigen Eingänge zum Hauptgebäude, und darum... na ja, da hast du eben alle Hinweise, die du brauchst, um den Dieb zu entlarven.»

Erling überwand seinen Hang zur Bequemlichkeit und richtete sich auf dem einen Ellenbogen auf. Neugierig bat er: «Lieber Sherlock Holmes, würdest du wohl so gütig sein und mir verraten, was für Anhaltspunkte vorliegen?»

«Na, schön, ich will dir alle Tatsachen nennen. Pass auf.»

Jan lehnte sich in seinem Stuhl zurück und schloss die Augen halb. Er sagte: «Gestern abend hörte es gegen elf Uhr zu schneien auf. Der Diebstahl wurde später begangen. Als ich heute früh meinen ersten Spaziergang unternahm, war im Umkreis des ganzen Hofes keine Fußspur zu sehen. Onkel Christian hatte vergessen, die Türe zum Garten abzuschliessen. Der Fussboden in seinem Arbeitszimmer und in der Gartenstube war tadellos sauber und blank, abgesehen von der Stelle an der Gartenzimmertür, wo etwas Schnee geschmolzen war. Die Türe des Renaissanceschranks ist so aufgebrochen worden, dass der Schrank fast überhaupt keinen Schaden gelitten hat. Auf den Büchern, mit denen Onkel Christian gestern abend gearbeitet hat, lag etwas Zigarrenasche. Der Dieb hat sich nur für den Renaissanceschrank interessiert, obwohl Onkel Christian in seinem Geldschrank sicher grössere Werte aufbewahrt. Der Onkel will nicht, dass die Polizei vor Weihnachten gerufen wird. So, das wären alle Tatsachen, die uns zur Verfügung stehen, und ich erwarte ganz bestimmt, dass du das Rätsel heute abend gelöst haben wirst.»

«Da wirst du vergeblich warten», seufzte Erling und sank wieder auf das weiche Sofa zurück.

«Quatsch! Mach die Augen zu, Dicker, und versuch nachzudenken.»

«Ich habe nicht das geringste dagegen, die Augen zuzumachen, ja, ich finde, das ist das vernünftigste, was du heute gesagt hast.»

Erling drehte Jan den Rücken und zog die Beine an sich. Dann murmelte er undeutlich: «Nun habe ich die Augen zugemacht, lieber Sherlock Holmes, und sie werden so bald nicht wieder geöffnet. Aber nachdenken, nein, dazu kannst du mich nicht bringen! Gute Nacht...»

Jan stand auf und ging zu dem Sofa, wo er ein Weilchen stehenblieb und auf seinen müden Freund niederblickte. Er empfand einen beinahe unbezwinglichen Drang, ihn nachdrücklich ins Hinterteil zu kneifen, beschränkte sich jedoch darauf, in vorwurfsvollem Tone zu fragen: «Willst du jetzt wirklich schlafen?»

«Unbedingt! Ich merke deutlich, dass mein zarter Körper Ausspannung und Erholung braucht. Es ist geradezu unmenschlich, wie du mich heute morgen herumgeschleppt hast.»

«Wir haben ja nur einen kleinen Rundgang auf dem Hof gemacht.»

«Es ist aber ein sehr grosser Hof», murmelte Erling. «Erweise dich nun als mein wahrer Freund, und lass mich schlafen. Zum Essen werde ich frisch und ausgeruht sein, und dann kann ich dir sicher viel nützlicher sein als jetzt.»

«Meinst du?» erwiderte Jan spöttisch.

«Deine Zweifel kümmern mich nicht, mein Lieber. Gute Nacht, gute Nacht!»

«In einer Stunde bin ich wieder hier, und dann ziehe ich dich an den Haaren in die Höhe», verhiess Jan und ging hinaus.

Er wäre sicher sprachlos vor Verwunderung gewesen, wenn er in diesem Augenblick seinen Freund gesehen hätte. Der übermüdete Erling war auf einmal gar nicht mehr müde. Er richtete sich flugs auf und lauschte auf Jans Schritte, die sich in dem langen Flur verloren. Dann sprang er mit einem frohlockenden Lächeln auf. Es waren tatsächlich zwei Jahre her, seit Erling Krag eine so einzig dastehende Lebhaftigkeit gezeigt hatte. Er hüpfte begeistert im Zimmer herum und knipste mit den Fingern in der Luft, während er immerzu wiederholte: «Diesmal wirst du staunen, Sherlock Holmes! Diesmal wirst du staunen!»

Ausser Atem liess er sich auf den nächsten Stuhl fallen. Mit vielsagender Bewegung schlug er sich an die Stirne und murmelte vor sich hin: «Gut, dass dieses Hirn für mathematische Formeln taugt! Der Diebstahl ist wahrhaftig eine Gleichung, aber ohne Unbekannte... du meine Güte, wie leicht ist er aufzuklären!»

NEUNTES KAPITEL

Geheimnisvolle Dinge

In gewisser Weise war es recht gut, dass Fräulein Madsen offenbar stark in Anspruch genommen war, nicht zuletzt von dem Diebstahl; denn daran lag es sicher, dass sie nicht merkte, wie bescheiden Erling sich von den wohlschmeckenden Gerichten auf dem Mittagstisch nahm. Onkel Christian hingegen fiel es auf; aber er wollte nichts sagen, um die Haushälterin nicht in Harnisch zu bringen. Er begnügte sich damit, verstohlen über Erling zu lächeln, der so tatkräftig mit Messer und Gabel klirrte, als ob er zumindest dabei wäre, einen am Spiess gebratenen Ochsen zu verzehren.

Eine Stunde nach dem Essen sollten Helmer und Anders mit zwei Schlitten abfahren, um die ersten Weihnachtsgäste am Bahnhof abzuholen.

Die Buben sahen zu, wie Anders auf dem Hof gerade anspannte, als der Gutsbesitzer die Freitreppe herunterkam.

«Na, ihr beiden», begann er gemütlich, «habt ihr Lust, mitzufahren?»

Wenn er erwartet hatte, dass die Jungen in einen jubelnden Dankes-Chor ausbrechen würden, so wurde er arg enttäuscht.

Jan antwortete nicht gleich. Es schien, als suchte er irgendeinen einleuchtenden Grund, um ablehnen zu können; aber da er keine Ausrede fand, erwiderte er schliesslich: «Jaaa... ja, vielen Dank, Onkel, ich fahre gern mit.»

«Ich bin leider verhindert, Herr Helmer», sagte Erling höflich.

«Was? Du bist verhindert?» lachte der Gutsbesitzer. «Du willst wohl in die Küche und mit Mads plaudern?»

«Nein, sicher nicht, Herr Helmer, aber... aber ich sollte meine Sachen einräumen und derlei Dinge erledigen...»

In diesem Augenblick kam Lis die Treppe herunter. Sie trug eine kurze Pelzjacke und eine dazu passende Mütze.

Onkel Christian nickte ihr lächelnd zu. «Höre, Lis,

du wanderst so einsam herum. Du verträgst dich wohl nicht sehr gut mit den beiden Burschen da?»

«Doch, es geht soweit ausgezeichnet, Onkel, wenn man sie nicht so ernst nimmt, wie sie sich selbst nehmen.» Lis ging die letzten Stufen hinunter und trat zu den Schlitten. «Fährst du jetzt gleich zum Bahnhof, Onkel?»

«Ja, ich muss die Gäste abholen, die mit dem Nachmittagszug eintreffen. Einige kennst du ja — den Gutsbesitzer Winther und seine Frau aus Wolfsberg und ihre Nichte aus Aarhus.»

«Oh, kommt Yvonne?» rief Lis begeistert und klatschte in die Hände.

«Jetzt vergisst sie wahrhaftig, dass sie eine Dame ist», flüsterte Erling seinem Freunde zu.

«Warum hast du mir nicht erzählt, dass Yvonne kommt, Onkel?»

«Ich wollte dir eine kleine Überraschung bereiten. Möchtest du mitkommen und sie abholen?»

«O ja, gern! Ich freue mich zu sehr, sie wiederzusehen!» Lis unterbrach sich plötzlich und wandte sich neckend an Erling: «Du hältst ja auch viel von Yvonne Schmidt, nicht wahr, Erling?»

«Warum sollte ich nicht?» murmelte Erling ein wenig verlegen.

Lis liess ein Lachen erklingen, das die Frostluft weit durchdrang. «Ach, mir ist nur eingefallen, wie du dich vor vielen Jahren mit Yvonne immerzu zanktest. Dann aber fand ich ein Gedicht...»

«Ein Gedicht? Seit wann macht Erling denn Gedichte?» fragte Onkel Christian neugierig.

«Hat Erling wirklich noch nie eins auf dich gemacht?»

lachte Lis mit einem Seitenblick auf Erling. «Ich werde dir unterwegs ein paar seiner früheren Machwerke aufsagen. Du wirst dich königlich unterhalten, Onkel.»

«Schlange!» zischte Erling ihr zu, als sie an ihm vorbeiging, um im Schlitten Platz zu nehmen.

Kurz darauf fuhren die beiden Schlitten unter munterem Schellengeklingel durchs Tor. Anders sang wie üblich ein Liedchen, doch diesmal etwas gedämpfter. Aus Erfahrung wusste er, dass der Gutsbesitzer auf seine Gesangsleistungen keinen grossen Wert legte.

Erling blieb auf dem Hof stehen, bis die Schlitten verschwunden waren. Dann sprang er mit erstaunlicher Geschwindigkeit die Freitreppe hinauf. Es sah fast aus, als ob der Gutsbesitzer mit seiner Annahme von dem Besuch in der Küche recht gehabt hätte; denn Erling schlich schnell in diese Richtung. Doch als er an der Küchentür angekommen war, blieb er stehen und legte das Ohr ans Schlüsselloch. Er konnte Mads deutlich hören, wie sie den beiden Mädchen, die sich in der Küche aufhielten, Anweisungen gab, und er vernahm sogar das Brutzeln und Sieden in Pfannen und Töpfen. Ein lieblicher Duft drang durchs Schlüsselloch heraus; aber merkwürdigerweise schien Erling sich darum gar nicht zu kümmern. Das einzige, was ihn beschäftigte, war die Tatsache, dass sämtliche Frauen des Hauses sich augenblicklich in den Küchenregionen befanden, und dass sie wahrscheinlich in der nächsten Stunde hier festgehalten waren. Erlings Augen glänzten vor Freude.

«Jetzt an die Arbeit!» sagte er vor sich hin und entfernte sich rasch von der Türe.

Auf den Zehenspitzen stahl er sich ins Wohnzimmer.

ZEHNTES KAPITEL

Erling erleidet einen Misserfolg

Als Jan anderthalb Stunden später ins Zimmer hinaufkam, fand er seinen Freund friedlich damit beschäftigt, Weihnachtsgeschenke in hübsches Papier zu verpacken, auf dem Nüsse, kleine Engel und verschlungene Christrosen abgebildet waren.

Verwundert betrachtete Jan den eifrig tätigen Erling. Dann fragte er argwöhnisch: «Was hast du getrieben, während wir fort waren?»

«Was ich getrieben habe?» wiederholte Erling unschuldig. «Das siehst du ja, mein lieber Freund und Kriegskamerad. Ich habe die Zeit damit genutzt, Weihnachtsgeschenke einzupacken.»

«Hm! Du kannst doch nicht anderthalb Stunden gebraucht haben, um Weihnachtsgeschenke einzupacken. Du hast irgendeine Heimlichkeit vorgehabt, und deshalb wolltest du nicht zum Bahnhof mitkommen!»

Erling sah seinen Freund mit sehr gekränkter Miene an. «Was für eine Heimlichkeit hätte ich denn vorhaben sollen, mein lieber Sherlock Holmes? Wenn ich ganz ehrlich sein will... na ja, ich habe mich in aller Stille ein bisschen aufs Ohr gelegt. Wie ich schon sagte, wenn du in der Nähe bist, kann man keine Minute ordentlich schlafen. Darum muss man die Gelegenheit wahrnehmen, sobald du ausser Sichtweite bist. Wie geht es unserer gemeinsamen Freundin Yvonne?»

«Ausgezeichnet. Sie hat sogleich nach dir gefragt. Willst du sie nicht begrüssen?»

«In fünf Minuten. Ich muss erst meine Päckchen fertig machen. Morgen ist ja Weihnachten, und ich hasse es, solche Dinge im letzten Augenblick zu erledigen.»

Jan schielte misstrauisch zu seinem Freund hinüber, und dann machte auch er sich daran, seine Geschenke in das mitgebrachte Weihnachtspapier einzupacken.

«Hast du Carl heute schon gesehen?» erkundigte er sich nach einiger Zeit.

«Ja, wir haben ein wenig miteinander geplaudert. Ich versprach ihm, dass wir beide später zu ihm kommen würden. Er freut sich darauf, uns seine Kammer zu zeigen. Übrigens habe ich ihm auch zugesagt, dass wir ihm helfen werden, die Gesindestube zu schmücken, wo die Leute morgen abend feiern werden.»

«Fein», antwortete Jan, der solche Dekorationsaufgaben sehr schätzte.

«Und dann habe ich unsern hinkenden Freund gefunden...»

«Was?»

«Ja, den Mann, der das eine Bein nachzieht.»

«Ach so. Das ist einer der Lohndiener.»

Erling blickte erstaunt auf. «Du hast mir ja gar nicht erzählt, dass du ihn selbst schon getroffen hast.»

«Getroffen habe ich ihn auch nicht.»

«Woher weisst du dann, dass er es ist?»

«Ich habe das bisschen Hirn benutzt, mit dem ich zur Welt gekommen bin. Die Spuren im Schnee bewiesen, dass der Mann vom Hof gekommen und auch dorthin zurückgegangen ist. Da weder Onkel Christian, Mads oder irgend jemand vom Gesinde augenblicklich hinkt... na ja, das war doch wirklich nicht schwer auszurechnen.»

«Jan, du bist ein Genie!» rief Erling begeistert, während er das letzte Päckchen zuband. «Ich würde viel dafür geben, wenn ich nur einmal die halbe prophetische Gabe hätte, mit der du...»

«Halt den Mund, du Quatschkopf!» unterbrach ihn Jan lachend. «Bist du noch immer nicht fertig?»

«Doch, gerade jetzt.»

Erling stand auf und stopfte sämtliche Päckchen in seinen Koffer, den er dann umständlich abschloss.

«Du schliesst ja so sorgsam ab», bemerkte Jan. «Hast du Angst, jemand könnte mit deinen Weihnachtsgeschenken davonlaufen?»

Erling nickte ernst. «Man kann nicht vorsichtig genug sein in einem Hause, wo der Diebstahl von goldenen Tabaksdosen zur Tagesunordnung gehört.»

Fünf Minuten später waren die Buben unten im Wohnzimmer, wo den Gästen Kaffee serviert wurde.

Erling wurde den Gästen vorgestellt, die er noch nicht kannte. Da waren ein Doktor Höyer aus Kopenhagen und dessen Frau, ein Ingenieur Schmidt und Frau aus Aarhus — das waren Yvonnes Eltern — und dann natürlich Yvonne selbst sowie ihr Onkel und ihre Tante aus Wolfsberg, das Gutsbesitzerpaar Winther.

Yvonne und Lis sassen auf einem breiten Diwan und tuschelten miteinander. Sie hatten sich offenbar sehr wichtige Geheimnisse mitzuteilen.

Es wurde ein richtig gemütlicher Nachmittag im Wohnzimmer. Sogar Mads hatte ihre gute Laune wiedergefunden, die sich in derbfröhlichen Scherzworten kundtat, und das erhöhte die Stimmung natürlich sehr. Helmer und Gutsbesitzer Winther überboten einander mit lustigen Erzählungen und kleinen Anekdoten. Sie hatten seinerzeit im gleichen Regiment gedient, und das Soldatenleben liefert ja den Stoff zu vielen Geschichten. Wenn man ihren Worten glauben konnte, war es geradezu unfassbar, was für Streiche sie ihrem Leutnant und ihrem Hauptmann gespielt hatten. Später waren sie selbst Leutnant und dann Hauptmann geworden; aber da kannten sie ja alle die Streiche und wussten, wie man die übermütigen jungen Dachse in Zaun halten konnte. Für Erling klangen alle die Ausdrücke aus der Soldatensprache wie Chinesisch, Jan hingegen waren sie nicht fremd. Sein Vater, Kriminalkommissar Helmer, war ebenfalls Offizier gewesen und hatte oft Dienst machen müssen, so dass auch bei Jan daheim häufig Erinnerungen aus der Soldatenzeit aufgetischt wurden.

Dann drehte sich die Unterhaltung — was durchaus natürlich war — um den Diebstahl der goldenen Tabaksdose.

Onkel Christian sah mit einem launigen Lächeln zu Jan hinüber und sagte: «Ich bin sehr gespannt, ob unser Detektiv dort imstande ist, diese Nuss zu knacken.»

«Nach dem, was ich gehört habe», bemerkte Dr. Höyer, «wird Jan sogar mit viel verwickelteren Fällen fertig. Stimmt das nicht, Jan?»

Jan bekam einen roten Kopf. Er wurde immer verlegen, wenn man ihn wegen seiner Leistungen lobte, auch wenn das Lob verdient war. Er antwortete bescheiden: «Ach, ich habe ein paarmal Glück gehabt.»

«Glück nennst du das?» lachte Dr. Höyer. «Du hast ja beinahe richtige Kriminalfälle geklärt und Aufgaben gelöst, die den Polizeileuten zukommen.»

Jan rutschte auf seinem Stuhl hin und her. Er hatte die grösste Lust, eine abweisende Erwiderung zu geben; doch das wäre Herrn Dr. Höyer gegenüber unhöflich gewesen, der ein besonders netter und liebenswürdiger Mensch war. Deshalb begnügte er sich damit, zu sagen: «Wenn ich ein paar kleine Aufgaben lösen konnte, so lag das daran, dass mir der Zufall zu Hilfe kam... und ausserdem haben mir Erling und andere gute Freunde mit Rat und Tat zur Seite gestanden.»

«Im Wettbewerb mit der Polizei würdest du es also nicht schaffen?» fragte Dr. Höyer.

«Niemals!» versicherte Jan bestimmt. «Die dänische Kriminalpolizei ist ausgezeichnet — das geben sogar berühmte ausländische Polizeibeamte zu. Und natürlich könnte sich selbst eine ganze Schar Detektive von Taschenformat nicht mit einem geschulten Polizeibeamten messen. Sie wissen doch sicher, Herr Doktor, dass einige der bekanntesten internationalen Verbrecher von der dänischen Kriminalpolizei entlarvt worden sind?»

«Ja, die Brüder Sass zum Beispiel.»

«Und noch manche dazu. Man könnte ja denken, dass ein kleines Land wie Dänemark geradezu ein Paradies für internationale Verbrecher sein müsste; aber das stimmt nicht. Diese Leute beehren uns mit ihrer Anwesenheit immer nur im Notfall, und sie sind sicher mehr als selig, wenn es ihnen glückt, wieder aus dem Lande zu kommen, ohne von unserer Kriminalpolizei geschnappt zu werden.»

«Man merkt, dass du der Sohn eines Kriminalkommissars bist», lachte Ingenieur Schmidt. «Du willst wohl auch Polizeibeamter werden?»

«Ja, vielleicht, wenn ich dazu tauge und begabt genug bin», antwortete Jan zögernd. «Sonst würde ich am liebsten Ingenieur.»

«Soso, nun kommen wir ja auf mein Gebiet», schmunzelte Schmidt. «Warum möchtest du denn gern Ingenieur werden, Jan?»

Jans Augen leuchteten. «Mir scheint, die dänischen Ingenieure haben ihr Land berühmt gemacht. Die ganze Welt kennt ja die Arbeiten, die sie in der Türkei, in Persien, auf Madeira und an vielen andern Orten ausgeführt haben. Oh, ich stelle es mir herrlich vor, in der Welt herumzukommen und der Heimat Ehre zu machen.»

Onkel Christian bemerkte lächelnd: «Wenn du in ein paar Jahren die Matura bestanden hast — falls du sie bestehst! —, hast du vielleicht Lust, einen ganz andern Lebensweg einzuschlagen.»

«Bestimmt nicht, Onkel! Ich will entweder Polizeibeamter werden oder Ingenieur.»

«Hahaha!» lachte Helmer. «Als ich in deinem Alter war, wollte ich Pelztierjäger in Kanada werden. Vorher wünschte ich mir glühend, Strassenbahnschaffner in Schanghai zu werden, Schafzüchter in Australien, Molkereiangestellter in Sibirien... und dann endete ich als Gutsbesitzer auf Raunstal und Hauptmann der Reserve. Auf dieser Erde geht nicht alles nach Wunsch, und das ist sicher gut so.»

«Ja, sonst gäbe es in Schanghai allzu viele Strassenbahnschaffner», lachte Winther. «Wenn ich meine Meinung äussern darf, so glaube ich entschieden, dass Jan ein recht tüchtiger Polizeimann werden wird. Ich kenne ja alle Einzelheiten von der Geschichte, wie er hier den Bankräuber entlarvte.»

Yvonne, die immer noch mit Lis getuschelt hatte, sagte plötzlich zu ihrem Vater: «Hör einmal, Papa, du verstehst dich doch so gut darauf, Detektivaufgaben zu stellen. Du solltest Erling ein paar aufgeben. Er ist nämlich auch ein sehr geschickter Detektiv, und es ist nicht gerecht, wenn Jan heute alle Lorbeeren erntet.»

«Ach, lieber nicht, ich bleibe am liebsten aus dem Spiel», wehrte Erling bescheiden ab.

«Schnickschnack!» rief Ingenieur Schmidt, der auf einmal Gelegenheit fand, sein Steckenpferd zu reiten — Detektivaufgaben. «Ich will dir zwei Aufgaben stellen, um zu sehen, was du taugst.»

Erling wand sich verzweifelt und sandte flehende Blicke zu Jan hinüber, der jedoch den Freund weder zu sehen noch zu hören schien. Erling war sich darüber klar, dass Jan sich für die Geheimniskrämerei rächte, und beinahe bereute Erling es, dass er daheim geblieben war, um zu «arbeiten», während die andern zur Bahn gefahren waren. Nun bestand für ihn nicht die geringste Aussicht, dass Jan ihm aus der Klemme helfen würde.

«Bist du bereit?» fragte Schmidt lächelnd.

«Ja», murmelte Erling mit unglücklicher Miene.

«Gut, also pass auf. An einem windstillen, brütend heissen Sommertag stürzte in New York ein Mann aus dem zehnten Stock eines Wolkenkratzers. Die Polizei erschien sofort und fuhr mit dem Lift zu dem Zimmer hinauf, aus dem der Mann gefallen war. Alles deutete auf Selbstmord hin. Die Türe zu dem Zimmer war abgeschlossen, so dass die Polizei sie gewaltsam öffnen musste. Inspektor Carr war der erste, der das Zimmer betrat. Nicht die geringste Unordnung konnte man sehen. Die Luft war erstickend heiss in dem kleinen Zimmer, und der Inspektor ging zu dem einzigen Fenster, das angelehnt war, und machte es ganz auf, so dass frische Luft hereindrang. Dann beugte er sich zum Fenster hinaus und blickte auf die Stelle hinunter, wo der unglückliche Mann auf die Strasse gefallen war. Schliesslich drehte er sich zu seinen Leuten um und sagte: ,Wir haben es nicht mit einem Selbstmord zu tun, sondern mit einem Mord!' Kannst du mir erklären, Erling, wieso er seiner Sache so sicher war?»

«Nein, leider nicht», entgegnete Erling beschämt, nachdem er eine halbe Minute überlegt hatte.

«Mir wäre es auch ganz unmöglich», sagte Frau Winther.

«Mir auch», pflichtete Frau Dr. Höyer bei.

Ingenieur Schmidt genoss ein paar Sekunden lang seinen Triumph. Dann wandte er sich lächelnd an Jan: «Na, Meister Jan, kannst du es erklären?»

Jan kämpfte einen kurzen, aber harten Kampf mit sich selbst. Natürlich konnte er die kleine Aufgabe lösen; aber wäre das dem Freund gegenüber nicht unrecht gewesen? Er wollte gerade «Nein» antworten, als ihm einfiel, dass Erling hinter seinem Rücken sicher irgendwelchen Firlefanz getrieben hatte, ohne ihn einzuweihen, und darum beschloss er, auf seinen dicken Freund keine Rücksicht zu nehmen, sondern ihm zu zeigen, wer sich hier auf kriminalistische Aufgaben verstand. Also antwortete er: «Es konnte ja kein Selbstmord sein, wenn das Fenster nur angelehnt war.»

«Bravo, Jan!» rief Schmidt.

Erling versuchte vergebens seine Ehre zu retten, indem er sagte: «Der Wind konnte ja das Fenster zugeweht haben, nachdem der Selbstmörder hinuntergesprungen war.»

«Ich sagte aber, es wäre ein windstiller Sommertag gewesen», lachte der Ingenieur, dem diese geniale Theorie offenbar schon früher vorgesetzt worden war. «Versuchen wir es nun mit der nächsten Aufgabe, Erling...»

«Nein, lassen Sie mich lieber das Opfer sein», fiel Jan schnell ein, weil er fand, dass der arme Freund nun einen genügenden Dämpfer erhalten hatte.

«Schön, Jan, dann werde ich eine etwas schwerere Aufgabe stellen. Der Fall spielt sich ebenfalls in Amerika ab, an einem Ort im Westen. Als der Sheriff eines Tages in seinem alten Ford des Weges fährt, findet er am Strassenrand einen Mann, der erschossen worden ist. Mehrere Kugeln haben ihn getroffen, und er ist natürlich mausetot. Der Sheriff kennt den Mann, der Pitt heisst, gut, und er weiss auch, dass er mit fünf andern Farmern wegen eines wertvollen Landstücks Streit gehabt hat. Es besteht grosse Wahrscheinlichkeit, dass einer der fünf Farmer der Mörder ist. Der Sheriff legt den Toten in sein Auto und fährt in die Stadt, wo er den Wagen sofort in die Garage bringt. Dann lässt er die fünf Farmer kommen, und als sie alle versammelt sind, sagt er zu ihnen: ,Pitt ist von einer Pistolenkugel verwundet worden. Ich habe das Gefühl, dass einer von euch der Täter ist. Sowie Pitt verbunden ist, kommt er selbst her; aber zuerst möchte ich hören, was ihr zu der Anklage zu sagen habt.' Eine Weile herrscht Schweigen. Dann sagt Jackson: ‚Ich kann Pitt nicht leiden; aber ich bin in der Lage zu beweisen, dass ich nicht auf ihn geschossen habe.' Als nächster meldet sich Harrison zum Wort: ‚Ich gebe zu, dass ich die grösste Lust hätte, ihm noch ein paar Kugeln zu geben.' Craig sagt nur: ‚Er war ein ekelhafter Kerl, von dem ich am liebsten nichts hören würde!' Roberts erklärt: ‚Ach, ich finde, Pitt ist nur etwas allzu streitlustig. Sonst habe ich nichts gegen ihn.' Als letzter äussert sich Walters: ‚Solange der Bursche hier in der Gegend ist, können wir nicht hoffen, jemals Frieden zu haben!' Nachdem die Männer gesprochen haben, erhebt sich der Sheriff, legt dem einen die Hand auf die Schulter und sagt: ‚Ich klage dich wegen vorsätzlichen Mordes an Pitt an!' Das wäre alles, Jan. Kannst du den Fall klären?»

«Craig ist der Schuldige», erwiderte Jan, ohne sich lange zu bedenken.

«Wieso?» fragte Schmidt mit unverhohlener Enttäuschung.

«Weil er gesagt hat: ‚Pitt *war* ein ekelhafter Kerl.' Er muss also gewusst haben, dass Pitt tot war; sonst hätte er gesagt: ‚Pitt *ist* ein ekelhafter Kerl.'»

«Ausgezeichnet, Jan!» rief Onkel Christian begeistert. «Du bist wirklich nicht leicht in Verlegenheit zu bringen. Ich bin stolz, dass du mein Neffe bist. Wenn du mir auch meine goldene Tabaksdose wiederbeschaffen kannst, verlange ich nichts mehr.»

«Das werde ich schon, Onkel!» beteuerte Jan.

ELFTES KAPITEL

Jan entwirft einen Schlachtplan

Am folgenden Tage — es war der vierundzwanzigste Dezember — ging es auf Raunstal lebhaft und betriebsam zu. In den Küchenregionen führte Fräulein Madsen ein strenges Regiment. Gewöhnlich war sie der liebenswürdigste Mensch unter der Sonne; aber bei Festen änderte sich ihr Wesen, weil sie dann so viel zu tun und zu beachten hatte. Sie war unruhig und nervös, ob auch alles klappen würde, so dass sie einen knappen Ton anschlug und die ganze Zeit herumkommandierte. Sie trug ja die Verantwortung für alle kulinarischen Genüsse, und diese Verantwortung nahm sie sehr ernst.

Der Grossknecht Anders hatte einen riesigen Weihnachtsbaum ins Wohnzimmer geschleppt. In Anbetracht des Tages hatte er sein Repertoire auf «O Tannenbaum, o Tannenbaum, wie grün sind deine Blätter» erweitert; doch schöner klang sein Gesang deshalb nicht. Nachdem er den Weihnachtsbaum mit ein paar kräftigen Hammerschlägen in den Ständer gesteckt und aufgestellt hatte, übergab er ihn der liebevollen Obhut der beiden jungen Mädchen, denen Onkel Christian den Auftrag gegeben hatte, den Baum aufs schönste zu schmücken. Sogleich machten sie sich an die Arbeit.

Jan und Erling, die einen herrlichen Skiausflug in die Umgebung unternommen hatten, befanden sich mit Carl zusammen in der Gesindestube. Die drei Knaben strahlten um die Wette, als sie die langen Tannengirlanden und den Weihnachtsschmuck sahen, mit denen sie den Baum schmücken sollten, und Jan rief fröhlich: «Wisst ihr, man ist doch nie zu alt, um sich über die Weihnachtszeit zu freuen.»

«Na, vorläufig bist du jedenfalls noch nicht alt genug, um dich über diese Frage auszulassen», bemerkte Erling trocken; aber als er den Gesichtsausdruck seines Freundes wahrnahm, fügte er schnell hinzu: «Selbstverständlich hast du recht, Jan. Es gibt ja leider Menschen, die keine Fähigkeit haben, sich über Weihnachten zu freuen... oder vielleicht schämen sie sich, ihre Freude zu zeigen; doch mit solchen Menschen sollte man Mitleid haben. Ihr Innenleben ist beschränkt, und man kann wohl auch behaupten, dass sie...»

Höchst wahrscheinlich hätte Erling seine philosophischen Betrachtungen bis zum äussersten entwickelt, wenn er nicht von Carl unterbrochen worden wäre, der ihn bat, ihm beim Befestigen der Tannengirlanden zu helfen. Kurz darauf waren die Buben nur noch eifrig damit beschäftigt, die grosse, helle Gesindestube weihnachtlich zu schmücken.

Carl erwies sich als sehr tüchtig. Er war hier und dort und überall, schlug Nägel ein, brachte Fähnchen an und schleppte zum Schluss den grossen Weihnachtsbaum vom Hof herein. In seinem Elternhaus hatte es nie zu einem «richtigen» Christbaum gereicht — es war immer nur ein winziges Bäumchen in einem Blumentopf gewesen —, und dieses Jahr gab es für ihn ein ganz anderes Fest, wie er mit leuchtenden Augen versicherte. Vor acht Tagen schon hatte er seinen Eltern in Kopenhagen achtzig Kronen geschickt — das war sein Weihnachtsgeschenk, das ihn mit grossem Stolz erfüllte, und immer wieder malte er sich die Freude der Eltern aus.

«Ihr könnt euch wohl vorstellen, was für einen netten Brief ich von meinen Eltern erhielt», sagte er vergnügt. «Sie schrieben, dass sie nun ein richtiges Weihnachtsfest mit Christbaum, Weihnachtsbraten und Reisbrei feiern würden. Sie haben auch unsern Nachbarn, der arbeitslos ist, mitsamt seiner ganzen Familie eingeladen. Meine kleinen Geschwister werden Geschenke bekommen; Vater kann nun seinen Wintermantel aus dem Leihamt abholen, und Mutter will sich ein Wollkleid besorgen...»

Carl unterbrach sich, um Atem zu schöpfen, und Jan betrachtete ihn mit einem kleinen Lächeln. Erling war während Carls begeisterter Aufzählung von all den Dingen, die mit den achtzig Kronen bestritten werden sollten, merkwürdig schweigsam geworden. In seinem Elternhaus — im Hause des wohlhabenden Grosskaufmanns Krag in dem schönen Vorort Österbro — wurden achtzig Kronen nicht als Vermögen betrachtet, und er wusste recht gut, dass eine solche Summe nicht sehr weit reichte. Er hätte Carl gern noch zu etwas mehr Geld verholfen, wusste jedoch nicht, wie er das bewerkstelligen sollte. Der Botenjunge Carl aus dem Klondyke genannten Quartier am Südhafen Kopenhagens hatte seinen Stolz, ja, Erling musste im stillen einräumen, dass es unzählige Jungen aus sogenannten «besseren» Kreisen gab, die von Carl allerlei lernen konnten.

«Du hast deinen Eltern wirklich eine Menge Geld geschickt», bemerkte Erling, um wenigstens etwas zu sagen.

«Ich hätte gern mehr geschickt, aber dazu reichte es nicht», bekannte Carl.

«War es am Ende dein ganzer Verdienst?»

Carl lachte und schlug auf seine Hosentasche. «Nein, zehn Kronen habe ich noch zurückbehalten, für laufende Ausgaben, wie man es nennt. Ich musste mir ja auch in Silkeborg ein paar Sachen kaufen, die mir fehlten, als ich hierherkam. Andernfalls hätte ich mindestens hundertfünfzig Kronen heimschicken können.»

«Brauchst du sonst gar kein Geld hier?»

«Nein. Wozu auch?»

«Ach, ich weiss nicht... aber gehen die Knechte nicht manchmal zu Tanzanlässen und dergleichen?»

«Aus solchen Dingen mache ich mir nichts. Nach Weihnachten werde ich nun richtig sparen.»

«Für etwas Bestimmtes?»

«Ja...» Ein wenig verlegen machte sich Carl an einer Tannengirlande zu schaffen. Es schien, als hätte er keine grosse Lust, sich näher auszusprechen — vielleicht befürchtete er, dass die beiden andern ihn auslachen würden; aber schliesslich rückte er doch mit der Sprache heraus: «Ich möchte nämlich ganz gern für die Landwirtschaftsschule sparen, wenn ich mich für diesen Beruf eigne....»

Im gleichen Augenblick erklangen draussen auf dem Hof Schlittenglocken. Jan lief zum Fenster und verkündete, dass Anders die beiden Braunen angespannt hatte und vorgefahren war. Offenbar wollte der Gutsbesitzer zum Bahnhof fahren, um die letzten Gäste abzuholen.

Jan drehte sich um und sagte schnell: «Du, Erling,

diesmal solltest du mit Onkel Christian fahren. Er hat gern Gesellschaft, und es sähe vielleicht etwas sonderbar aus, wenn du dich wieder drückst.»

«Ei, weshalb sollte ich mich denn drücken?» gab Erling mit der unschuldigsten Miene von der Welt zurück. «Ich finde im Gegenteil, dass es herrlich wäre, die Fahrt mitzumachen. Auf Wiedersehen, edle Kriegsgenossen!»

Ein wenig verwirrt schaute Jan dem lächelnden Erling nach, der durch die Türe verschwand. Ja, nun gab es keinen Zweifel mehr: Erling führte irgend etwas im Schilde!

Jan wandte sich an Carl und sagte: «Ich muss eine halbe Stunde fort, Carl; aber ich komme dann wieder und helfe dir weiter.»

«Beeile dich nicht, ich werde gut allein fertig», erwiderte Carl grossmütig.

Jan blickte zum Fenster hinaus und sah, dass der Schlitten gerade zum Torbogen hinausfuhr. Dann schlüpfte er rasch durch die Türe, eilte über den Hofplatz und nahm die Freitreppe zum Hauptgebäude in drei Sprüngen. In der Halle prallte er beinahe gegen einen kleinen, mit einem Frack bekleideten Mann, der das eine Bein ein wenig nachzog.

*

Als Jan eine gute halbe Stunde später in die Gesindestube zurückkehrte, war seine Stimmung um etliche Grade gesunken; aber Carl war von seinen künstlerischen Anordnungen so sehr in Anspruch genommen, dass er nichts davon merkte.

«Ist das nicht schön, Jan?» fragte er und wies mit stolzer Gebärde ringsum auf Decke und Wände, die mit wohlriechenden Tannengirlanden, bunten Fähnchen und künstlichen Christrosen geschmückt waren. An der hinteren Wand hing ein grosses Pappschild mit der in goldenen Buchstaben gemalten Aufschrift «Fröhliche Weihnachten», und mitten auf dem langen Esstisch thronte der halbgeschmückte Weihnachtsbaum, der bis zur Decke hinaufreichte.

«Prachtvoll!» lobte Jan, der Carls glückselige Begeisterung keinesfalls dämpfen wollte.

«Nun kannst du mir noch beim Weihnachtsbaum helfen, Jan.»

«Ja, das will ich gerne tun... aber zuerst muss ich noch ein ernstes Wort mit dir reden, Carl.»

«Ein ernstes Wort?» wiederholte Carl verwundert. «Wo brennt's denn? Was ist los?»

«Vorläufig ist zum Glück noch nichts los; aber ich befürchte, dass es leicht dazu kommen kann. Rund heraus gesagt, ich hege den Verdacht, dass Niels Boelsen etwas im Schilde führt — irgendeinen Schurkenstreich!»

«Das soll er sich einfallen lassen», brummte Carl, dessen frohe Weihnachtsstimmung plötzlich wie weggeblasen war.

Jan blickte düster vor sich hin. «Das schlimme ist, dass wir nichts unternehmen können, solange wir nicht mit Sicherheit wissen, dass er etwas vorhat. Auf einen blossen Verdacht hin kann man gegen einen Menschen nicht vorgehen.»

«Immerhin wäre es besser, ihm das Handwerk zu legen, bevor er ein Unglück anrichtet.»

Trotz seiner schlechten Laune lächelte Jan unwillkürlich; denn Carls einfache Überlegung belustigte ihn.

«Nein, wir wollen die Angelegenheit lieber vernünftig besprechen und einen Schlachtplan entwerfen. In zwei Punkten bin ich fast sicher. Erstens, dass Niels Boelsen sich mit Rachegedanken trägt; und zweitens, dass er mit einem der Lohndiener aus Silkeborg in Verbindung steht.»

«Mit dem Kleinen vielleicht?» fragte Carl.

«Ja. Wie hast du das erraten?»

«Je nun, der grosse Dicke ist tüchtig, der Kleine hingegen... nein, der gefällt mir nicht, ganz und gar nicht! Er hat so unsympathische Augen, und ausserdem hat er eine so geschleckte Frisur, dass einem beinahe übel davon werden kann.»

«Ist das alles, was du an ihm auszusetzen hast?» lächelte Jan.

«Ja, aber findest du nicht, dass es genügt?»

Jan sass ein Weilchen in tiefen Gedanken und spielte mit dem Christbaumschmuck auf dem Tisch. Dann sagte er: «Carl, ich habe das Gefühl, dass sich heute abend etwas ereignen wird...»

«Heute abend?» staunte Carl. «Am Weihnachtsabend?»

«Ich fürchte, ein Mann wie Niels Boelsen hat für das Weihnachtsfest nicht viel übrig. Du erzähltest doch, du hättest Niels hinter der Scheune gesehen, nicht wahr?»

«Ja...»

«Hattest du den Eindruck, dass er auf jemand wartete, oder sah es etwa so aus, als ob er in die Scheune eindringen wollte?»

Carl wühlte nachdenklich in seinem wirren Schopf. «Tja, das weiss ich nicht recht. Es sah eigentlich nicht so aus, als ob er auf jemand wartete; denn er stapfte geradeswegs auf die Scheune zu, als ich ihn erblickte. Jedenfalls kann er sich kaum mit dem Diener verabredet haben.»

«Wieso nicht?»

«Je nun, als ich einige Minuten später in die Gesindestube kam, sassen die beiden Lohndiener hier und spielten ,Mensch, ärgere dich nicht', und das tut man ja nicht, wenn man jemand treffen will.»

«Da magst du recht haben, Carl. Damit hast du mir eine wichtige Auskunft gegeben. Nun bin ich fast sicher, dass Niels Boelsen in die Scheune hineinwollte... und was treibt man in einer Scheune, wenn man auf Rache sinnt?»

Carl riss entsetzt die Augen auf. «Jan, du glaubst doch wohl nicht, dass er Raunstal in Brand setzen will?»

«Es deutet vieles darauf hin!»

Carl sprang auf; er bebte am ganzen Leibe. Er ballte die Hände zu Fäusten und sah Jan mit flammenden Augen an. «Jetzt will ich ihn mir aber doch vorkriegen! Es ist mir gleich, ob es erlaubt ist oder nicht, ich will ihn zu Mus versohlen! Den Hof in Brand stecken... Raunstal, das schönste Gut in der Gegend... da hört doch alles auf!»

«Nimm es mit der Ruhe, Carl», mahnte Jan. «Du hast dich doch immer nach meinen Anordnungen gerichtet, nicht?»

«Ja, aber...»

«Und du hast doch nie Grund gehabt, das zu bereuen, oder?»

«Nein, aber...»

«Gut, dann hör zu, was ich dir sage. Wir müssen uns mit Anders verbünden und ihn in das Geheimnis einweihen. Ihr beide werdet heute abend abwechselnd die Scheune bewachen. Natürlich braucht ihr euch nicht drinnen aufzuhalten; aber alle halbe Stunde müsst ihr hineinschleichen, um nachzusehen, ob alles in Ordnung ist.»

«Ich möchte lieber die ganze Nacht dort Wache halten, Jan.»

«Unsinn! Es ist Weihnachten, und du sollst mit den andern feiern und dich freuen...»

«Und wenn der Kerl inzwischen Feuer legt?»

«Das wird nicht so leicht sein. Wenn er überhaupt herkommt, nimmt er sicher den Weg von seiner Hütte über die Felder zur Wiese. Heute abend haben wir bestimmt Mondschein, es ist ja bald Vollmond, und vom Fenster der Tenne aus könnt ihr sehen, ob Niels Boelsen sich nähert. In dem hohen Schnee kommt er nur langsam vorwärts, so dass es durchaus genügt, wenn ihr alle halbe Stunde in der Scheune nachschaut. Hat die Scheune eine Feuerlösch-Anlage?»

«Ja, es sind Schläuche dort, und die Pumpe setzt man in Gang, indem man nur auf einen Schalter drückt.»

«Na, das ist ja recht beruhigend. Es wird gut sein, wenn Anders den Schlauch an die Pumpe schraubt. Dann geht keine Zeit verloren, wenn ihr etwa löschen müsst. Im übrigen wollen wir das Beste hoffen. Es ist ja möglich, dass ich mir ganz grundlos Sorgen mache, aber... nein, ich werde den hasserfüllten Blick nie vergessen, den Niels Boelsen uns vorgestern zuwarf!»

Carl schlug krachend mit der Faust auf den Tisch. «Eins sage ich dir, Jan: Wenn der Kerl den roten Hahn aufs Dach von Raunstal setzt, wird er nichts zu lachen haben.»

ZWÖLFTES KAPITEL

Die goldene Dose

Die unvergleichliche Mads hatte sich mit dem Weihnachtsessen selbst übertroffen. Es gab einen grossen gekochten Schinken mit Kartoffelbrei und Erbsen, drei gebratene Gänse mit Rotkohl und Kastanien, Reisbrei mit Zimt, Apfelkuchen mit Schlagrahm und Obst im Überfluss. Aus Helmers wohlversehenem Weinkeller waren einige verstaubte Flaschen Burgunder hervorgeholt worden, die dem festlichen Tisch besondere Farbe verliehen.

Die drei zuletzt angekommenen Gäste waren ein Zeitungsredaktor namens Nielsen, der Junggeselle war, sowie ein alter Kamerad von Helmer und Winther, ein Hauptmann Holm, der seine Frau mitgebracht hatte. Alle drei waren aus Kopenhagen. Es sassen also fünfzehn Personen an Christian Helmers Weihnachtstafel, nämlich der Gutsbesitzer selbst, Fräulein Madsen, die Ehepaare Winther, Schmidt, Höyer und Holm, Redaktor Nielsen, Lis, Yvonne, Erling und Jan.

Die beiden Lohndiener servierten, und Jan nahm sie verstohlen aufs Korn. Sie waren so verschieden wie Tag und Nacht. Der eine war ein grosser, sehr dicker, freundlich aussehender Mann von etwa vierzig Jahren; der andere hingegen, der hinkte, war klein, schmächtig, hatte ein ziemlich verdrossenes Gesicht und mochte kaum über dreissig Jahre zählen. Jan musste zugeben, dass beide in ihrem Beruf tüchtig waren. Sie hatten die Augen überall, und es entging ihnen nicht, wenn einem der Gäste etwas fehlte.

Es sassen zwei Menschen am Tisch, die dem ausgezeichneten Mahl keine Ehre widerfahren liessen. Das waren Erling und Gutsbesitzer Helmer. Jeder von ihnen hatte seinen Grund, sich zurückzuhalten. Erling wollte beweisen, dass der «eiserne Wille» keine leere Prahlerei gewesen war. Er betrachtete sich zwar gewissermassen als einen Märtyrer, wenn er nur wenig von den leckeren Gerichten nahm; doch andererseits freute er sich mächtig darauf, seinen Vater um fünfzig Kronen ärmer zu machen, wenn er die Wette gewann.

Helmers Grund war ganz anderer Art. Gekochten Schinken ass er nie, und an diesem Weihnachtsabend brachte er es auch nicht über sich, eine der gebratenen Gänse anzurühren. Die Sache war nämlich die, dass Petra sich darunter befand. Petra war eine Gans, die im Laufe des Jahres ihre ganze Liebe auf Helmer geworfen hatte, wie das Gänse gelegentlich Menschen gegenüber tun. Sie war ihm auf Schritt und Tritt gefolgt, wo er auf dem Hof ging oder stand, und sie hatte ihre Mahlzeiten nur richtig genossen, wenn sie die Körner aus der Hand ihres Herrn hatte picken dürfen. So hatte sich zwischen den beiden eine innige Freundschaft entwickelt, und Helmer war die ganze Stimmung verhagelt worden, als Mads feststellte, dass Petra schlachtreif war, und verfügte, dass sie ihr Leben lassen sollte, um dem Weihnachtsmahl Glanz zu verleihen. Helmer hatte zwar Einspruch erhoben, aber Mads war im Geflügelhof für Sentimentalitäten nicht zu haben. Sie brauchte die Gänse, und Petra war die beste. Das hatte ihr Schicksal besiegelt. Um den Gutsbesitzer zu trösten, hatte Mads ihm versprochen, die gebratene Petra besonders zu kennzeichnen; aber in all dem Trubel hatte Mads diese Verabredung vergessen. Nun ahnte weder Helmer noch sie, welche von den knusprig gebratenen Gänsen Petras irdische Überreste darstellte. Das verdarb Helmer den Appetit.

Jan griff übrigens auch nicht sonderlich zu. Er hatte an weniger angenehme Dinge zu denken, vor allem an die Sache mit Niels Boelsen, der zweifellos etwas Böses im Sinne hatte, und dann an den Diebstahl von Onkel Christians goldener Tabaksdose. Das letztgenannte Problem drängte sich ihm immer wieder auf. Er hegte nicht den mindesten Zweifel, wer die Dose sich angeeignet hatte — ja, noch nie hatte er es mit einem so klaren Fall zu tun gehabt —; dennoch meldete sich eine schwache innere Stimme, die ihm riet, ja nichts zu übereilen. An Indizien fehlte es ihm zwar nicht, aber er hatte keinen Beweis in Händen! Dem Onkel gegenüber hatte er sich so bestimmt geäussert, dass es eine scheussliche Niederlage bedeutet hätte, wenn er nun ausserstande war, den Beweis für seine Vermutungen zu erbringen.

Nach dem Essen zog die ganze Gesellschaft ins

Wohnzimmer, wo der grosse Weihnachtsbaum in schönstem Schmuck erstrahlte. Die Knaben mussten zugeben, dass Lis und Yvonne ihre Sache wirklich gut gemacht hatten. Die stets sehr vorsichtige Mads hatte eine grosse Bütte mit Wasser in der Nähe des angezündeten Christbaums aufgestellt und einige Bodenlumpen als Feuerpatsche bereit gelegt. Obwohl noch nie ein Tannenzweiglein Feuer gefangen hatte, ordnete sie diese Sicherheitsmassnahmen jedes Jahr an; denn wie sie sagte: «Wenn ich das einmal vergesse, wird der Baum sicher Feuer fangen und möglicherweise das Haus anzünden.»

Nachdem sie um den Baum getanzt und verschiedene Weihnachtslieder gesungen hatten, kam der grosse Augenblick, wo die Geschenke verteilt werden sollten. Die Päckchen lagen in einem mächtigen Haufen auf dem Ecktisch.

Lis fragte eifrig: «O Onkel Christian, dürfen Yvonne und ich die Geschenke austeilen? Das ist so aufregend!»

«Ich bitte sogar darum», lächelte Helmer. «Dann haben wir andern eine Mühe weniger.»

Ausnahmsweise einmal vergass Lis beinahe, dass sie eine «Dame» war. Ihre Wangen glühten, und die Augen glänzten in kindlichem Eifer. Yvonne verhielt sich ebenso.

Fünf Minuten später schwamm das ganze Wohnzimmer in Schnüren und Weihnachtspapier, und jeden Augenblick vernahm man Ausrufe wie: «Oh, wie entzückend!» — «Aber das ist ja Wahnsinn, Helmer!» — «Nein, habt ihr das gesehen?» — «Tausend Dank, Onkel Christian!» — «Na, du kennst wohl meine Lieb-

lingszigarre, Schmidt?» — «Haben Sie das selbst ge-
strickt, Frau Winther?» Der Höhepunkt aber wurde
erreicht, als Gutsbesitzer Helmer fast ein Gebrüll aus-
stiess, das dann in ein lautes Lachen überging.

«So etwas habe ich noch nie erlebt!» rief er und
lachte, dass die Weihnachtskerzen flackerten. «Schaut
doch nur, liebe Freunde!»

Alle blickten wie auf Befehl zu ihm hinüber, und dann
rissen sie die Augen auf; denn in der Hand hielt Christian Helmer — die gestohlene goldene Dose!

Jan sprang auf. Auch er sperrte den Mund vor Erstaunen auf, und nur mit Mühe brachte er die Worte
hervor: «Wie... wie hast du sie bekommen, Onkel?
Oder vielmehr: Von wem?»

«Ja, von wem, von wem? Lass einmal sehen, was auf
dem Papier steht... ja, da haben wir's: ‚Für Herrn
Christian Helmer von Erling Krag‘.»

Binnen zwei Sekunden bildete Erling den Mittel-
punkt vieler neugieriger Blicke, und lauter Fragen
schwirrten ihm um die Ohren.

«Wo in aller Welt hast du sie gefunden, Erling?»

«Ist das die gestohlene Dose?»

«Du hast doch nicht etwa selbst den ‚Dieb‘ gespielt?»

Jan war der einzige, der keine Frage äusserte. Ruhig
trat er zu seinem Freund und flüsterte ihm lächelnd zu:
«Geheimniskrämer!»

Helmer erhob sich und ging mit lachender Miene zu
den beiden Knaben hinüber. Dann sagte er: «Darf ich
nun hören, wie ihr beiden Spitzbuben die Sache heraus-
gefunden habt? Bist du der Meisterdetektiv, Erling,
oder versteht ihr euch gleich gut darauf?»

«Jan fand alle Spuren, und ich fand die Dose», antwortete Erling diplomatisch.

«Soso. Erklär uns das etwas näher, Junge.»

«Ich bin ein schlechter Erzähler», wandte Erling ein. «Jan soll lieber erzählen.»

«Ja, erzähle, Jan!» erklang es von allen Seiten.

Sogar die beiden jungen Mädchen hatten alles Interesse an den Geschenkpäckchen auf dem Ecktisch verloren. Sie kamen näher, um Jans Bericht zu hören.

DREIZEHNTES KAPITEL

Des Rätsels Lösung

Jan begann zu erzählen.

«Wie ich dir schon sagte, Onkel Christian, war dieser Fall nicht besonders schwierig, weil alle Spuren auf eine bestimmte Person hinwiesen. Es lag klar zutage, dass ein Dilettant den Diebstahl verübt hatte, denn der Täter hatte so viele Fehler gemacht, wie man überhaupt nur machen kann.»

«Wirklich?» lächelte Helmer.

«Ja...»

Jan schwieg einen Augenblick, um seine Gedanken zu sammeln. Dann schmunzelte er unmerklich und fuhr fort: «Ich will nun in logischer Reihenfolge vorgehen, und dann wirst du sehen, Onkel, wie leicht der Diebstahl aufzuklären war.»

«Schiess los!» befahl Helmer gespannt.

«Zuallererst ging es natürlich darum, zu entschei-

den, ob der Diebstahl von einem Aussenstehenden verübt worden war, oder ob man den Schuldigen hier auf
dem Hof zu suchen hatte. Auf den ersten Blick schien
es zwar, als ob der Dieb von aussen durchs Gartenzimmer eingedrungen wäre, weil du ja abzuschliessen vergessen hattest; aber ich hatte inzwischen schon etwas
sehr Wichtiges festgestellt...»

«Was denn?»

«Dass es am Abend zuvor gegen elf Uhr zu schneien
aufgehört hatte. Nach deinen Aussagen, Onkel, musste
der Diebstahl nach halb zwölf begangen worden sein;
in diesem Falle aber hätte ein Dieb, der von Raunstal
fortgegangen wäre, im Schnee seine Fußspur hinterlas-
sen! Wenn es weitergeschneit hätte, wäre die Spur
natürlich ausgewischt worden.»

«Na, und?»

«Ehe ich von dem Diebstahl hörte, hatte ich einen
kleinen Rundgang um den Hof gemacht und dabei
festgestellt, dass keine einzige Fußspur nach Raunstal
oder vom Hof weg führte. Das heisst also, dass der Dieb
sich immer noch hier auf dem Hof befand, und deshalb galt es, ihn von aussen einzukreisen. Auf meinem
Morgenspaziergang hatte ich auch festgestellt, dass
weder auf der Steintreppe vor dem Hause noch in der
grossen Schneewehe vor dem Gartenzimmer eine einzige Fußspur zu sehen war. Da das Hauptgebäude keinen andern Eingang hat, besagte das sogar, dass der
Dieb sich hier im Hause befinden musste!»

«Ausgezeichnete Logik!» rief der Ingenieur aner-
kennend.

Jan erzählte weiter:

«Hier im Hauptgebäude hielten sich nur acht Personen auf, nämlich du selbst, Onkel, Mads, die Köchin, die beiden Zimmermädchen, Erling, Lis und ich. Es war natürlich nicht ausgeschlossen, dass noch eine neunte Person vorhanden war, ein unbekannter Dieb, der sich irgendwie ins Haus geschlichen hatte; aber aus gewissen Gründen sah ich von dieser Möglichkeit sofort ab. Viele Spuren deuteten nämlich auf eine bestimmte Person hier im Hause. Es handelte sich also darum, den Dieb unter den acht Menschen herauszufinden. Drei schloss ich von Anfang aus: Erling, Lis und mich.»

«Aber dann bleiben ja nur Mads, die Köchin und die beiden Mädchen!» rief der Gutsbesitzer.

«Und du selbst, Onkel! Dich dürfen wir nicht vergessen.»

Helmer lachte laut. «Was soll das heissen, Junge? Willst du mich etwa bezichtigen, mich selbst bestohlen zu haben?»

«Jawohl!» nickte Jan.

Ein überraschtes Gemurmel ging durch die Versammelten.

«Bravo, Meisterdetektiv!» lachte Onkel Christian. «Ich verbeuge mich vor deinem Scharfsinn, obwohl du nun schuld bist, dass ich eine Kiste Zigarren an deinen Vater verloren habe.»

«Dachte ich mir's doch, dass sich die Wette darum drehte», lächelte Jan.

«Was? Hat dein Vater dir von der Wette erzählt?»

«Nein, Mutter. Vor der Abreise erzählte mir Mutter, du hättest mit Vater wegen irgend etwas gewettet, das mich betraf. Mutter wusste nicht, worum es ging. Ich vergass es, bis ich hier mit dem ‚Diebstahl' zu tun bekam. Da tauchte mir natürlich der Verdacht auf, dass ihr euch mit mir einen Spass machen wolltet. Du hattest mit Vater gewettet, dass ich nicht imstande wäre, ein ‚Verbrechen' aufzuklären, das du in den Weihnachtsferien inszenieren wolltest, nicht wahr?»

«Richtig, Junge! Ich begreife aber noch immer nicht, wieso du gerade auf mich verfallen bist. Du hattest doch auch noch zwischen Mads, der Köchin und den beiden Mädchen zu wählen.»

«Nein, Onkel, die vier schieden fast sofort aus dem Kreis der Verdächtigen aus, und zwar aus mehreren Gründen. Du hast eine ganze Reihe Dilettantenfehler gemacht, Onkel. Zum Beispiel hast du vergessen, im Gartenzimmer und im Arbeitszimmer auf dem Fussboden Schneeflecken anzubringen.»

«Schneeflecken?»

«Ja. Es sollte doch aussehen, als ob der Dieb durch die von dir offen gelassene Gartenzimmertür hereingekommen wäre, nicht wahr? Aber wenn man aus einem Garten hereinkommt, wo der Schnee einen halben Meter hoch liegt, schleppt man ja Schnee an den Schuhen mit, und selbst wenn man sie abputzt, macht man den Boden nass. Davon war aber nicht die geringste Spur zu entdecken. Das Parkett im Gartenzimmer war genau so blitzblank, wie es für die Weihnachtstage gewichst worden war, und in deinem Arbeitszimmer fand sich nicht einmal vor dem Renaissanceschrank ein Fleckchen, wo der Dieb gearbeitet hatte.»

«Das war wirklich ein schlimmer Fehler», brummte der Onkel, «aber Mads, die Köchin und die beiden

Mädchen hätten ihn ebensogut machen können. Das ist doch kein besonderer Beweis gegen mich.»

«Nein, das ist nur ein Beweis, dass der Dieb nicht von draussen gekommen sein konnte; aber es gibt noch vieles andere, das gegen dich sprach, Onkel Christian.»

«Zum Beispiel?»

«Zum Beispiel die Art und Weise, wie der Schrank aufgebrochen worden war. Der schöne, alte Schrank war buchstäblich nicht beschädigt. Kaum ein Splitterchen hatte sich gelöst! Das verriet, dass der Dieb sich ungewöhnlich viel Zeit gelassen haben musste. Es wäre eine Kleinigkeit gewesen, den Schrank mit einem Brecheisen oder sonst einem Instrument aufzubrechen, das hätte kaum zwei Minuten gedauert; aber dabei wäre die Türe zugrunde gerichtet worden. Was für einen Grund konnte es geben, dass der Dieb so schonend vorgegangen war? Meinst du nicht auch, Onkel Christian, dass die Antwort ganz einfach ist?»

Helmer lachte wieder. «Ja, natürlich wollte ich den prachtvollen Schrank nicht wegen eines kleinen Spasses verderben. Doch offen gestanden, einen schlüssigen Beweis gegen mich finde ich das nicht. Man könnte ja annehmen, dass Mads oder die beiden Mädchen dieselbe Rücksicht hätten walten lassen...»

«Nun hören Sie aber auf, Herr Helmer!» widersprach Fräulein Madsen entrüstet. «Sie wollen mir doch nicht etwa die Schuld in die Schuhe schieben?»

«Der ,Diebstahl' ist ja schon aufgeklärt», rief Helmer. «Meine gute Mads, wer an Ihrer Ehrlichkeit zweifelt, der gehört ins Narrenhaus. Nein, ich will Jan nur in die Enge treiben. Bei irgendeiner unlogischen Annahme muss man ihn doch fangen können...» Er wandte sich wieder an den Neffen: «Nun, Meister Jan, liesse es sich nicht denken, dass eine der vier andern Personen ebenso rücksichtsvoll gewesen wäre?»

«Kaum, Onkel. Wer seinen Herrn bestiehlt, wird kaum darauf achten, ob dabei eine Schranktür Schaden leidet oder nicht.»

«Tja, da könntest du noch recht haben.»

«Ausserdem dürfen wir die Zeit nicht ausser acht lassen. Der Dieb hat es ja keineswegs eilig gehabt; aber ist gerade das nicht sehr merkwürdig, wenn man daran denkt, dass dein Schlafzimmer neben dem Arbeitszimmer liegt? Ein richtiger Dieb — und erst recht eine Diebin! — wäre sicher nervös geworden und hätte die Arbeit so schnell wie möglich erledigt.»

«Gut, Jan», nickte Ingenieur Schmidt.

«Dann noch etwas», fuhr Jan fort. «Die Zigarrenasche! Du selbst hattest mir erzählt, Onkel, dass du abends an den Betriebsrapporten des Gutes gearbeitet hast, und doch lag auf den Rapporten im Schrank Asche. Der Dieb musste also während der Arbeit eine Zigarre geraucht haben. Folglich brauchte ich nur alle diejenigen auszuschliessen, die keine Zigarren zu rauchen pflegen. Die drei Mädchen habe ich überhaupt noch nicht rauchen sehen, und dass Fräulein Madsen jemals etwas anderes rauchen würde als eine Zigarette, kann ich mir nicht vorstellen. Also blieb von den fünf Verdächtigten nur noch einer: Herr Gutsbesitzer Christian Helmer!»

«Uha!» stöhnte Helmer mit gespieltem Entsetzen. «Vor dir muss man sich wirklich in acht nehmen, Jan!»

Die ganze Gesellschaft lachte, und es fielen ein paar neckende Bemerkungen über den unglücklichen Gutsbesitzer.

«Übrigens sprach noch etwas gegen dich, Onkel Christian», fügte Jan hinzu, als wieder Stille herrschte.

«Nanu, was denn noch?»

«Du hattest nach deiner Angabe ‚vergessen‘, die Gartenzimmertür zu schliessen. Das war eine höchst sonderbare Vergesslichkeit, die gut zu den andern Spuren passte. Seit vielen Jahren schliesst du jeden Abend eigenhändig die beiden Türen, und sicher hast du es noch nie zuvor vergessen.»

«Nein, das habe ich noch nie vergessen», versicherte Helmer.

«Deshalb schien es mir ein höchst eigenartiger Zufall zu sein, dass sich der Dieb gerade an dem Abend einfand, als du ausnahmsweise einmal vergessen hattest, die Gartenzimmertür abzuschliessen!»

Die beiden Diener traten ein, um den Kaffee zu servieren.

Helmer stand auf und legte die goldene Dose in eine Schublade. Dann sagte er: «Noch herzlichen Dank für das Weihnachtsgeschenk, Erling. Oh, da fällt mir ein... wie kommt es denn eigentlich, dass ich die Dose von dir erhalten habe?»

«Jan ist mit seinem Bericht sicher noch nicht fertig», murmelte Erling ausweichend.

Jan drohte seinem Freund mit dem Finger. «Ich habe nicht mehr viel zu erzählen. Als ich sicher war, dass du selbst die Dose genommen hattest, Onkel, galt es ja nur noch, sie zu finden, damit ich den Beweis in Händen hatte. Ich nahm an, dass du sie höchst wahrscheinlich in deinem Schlafzimmer versteckt hattest, vielleicht auch sonst irgendwo im Hause, und so wollte ich gestern eine Haussuchung vornehmen, während du die Gäste am Bahnhof abholtest.»

«Aha! Deshalb warst du nicht sehr begeistert, als ich dich mitnehmen wollte, was?»

«Ja. Erling zog sich besser aus der Sache», gab Jan zu. «Der schlaue Bursche war natürlich zum selben Ergebnis gekommen wie ich, und während ich mit dir zum Bahnhof fuhr, suchte er die goldene Dose — und fand sie!»

Jan erhob sich, ging zu Erling hinüber und zauste ihn freundschaftlich an den Haaren. «Du Gauner! Du hinterlistiger Betrüger! Heute nachmittag hattest du nichts dagegen, mit Onkel Christian zur Bahn zu fahren, nicht wahr?»

«Nein. Es belustigte mich königlich, dass du nun das Ding suchtest, das längst in meinem verschlossenen Koffer lag.»

Da ging Jan plötzlich ein Licht auf. «Darum hast du deinen Koffer gestern so sorgfältig abgeschlossen, nachdem wir die Weihnachtsgeschenke eingepackt hatten?»

«Ja, ich wollte es auf nichts ankommen lassen. Man weiss ja nie, worauf du verfällst, und ich hätte mich grässlich geärgert, wenn du das ‚Weihnachtsgeschenk‘ in meinem Koffer gefunden hättest.»

Der Gutsbesitzer lachte vergnügt. «Ihr habt also mein Schlafzimmer richtig durchstöbert, wie? Erling gestern und du, Jan, heute. Sonderbar, dass ich gar nichts davon gemerkt habe. Es herrschte völlige Ordnung.»

«Ein tüchtiger Detektiv hinterlässt nie eine Spur», erklärte Erling ernst.

Ingenieur Schmidt versetzte Erling einen anerkennenden Klaps auf die Schulter und sagte: «Jedenfalls bist du ein geschickterer Detektiv, als ich geglaubt habe. Heute hast du die gestrige Niederlage wettgemacht.»

Erling warf seinem Freund einen spitzbübischen Blick zu. «Und ich habe ausnahmsweise einmal dem Sherlock Holmes dort Eindruck gemacht!»

VIERZEHNTES KAPITEL

Der rote Hahn

Zur Feier des Weihnachtsfestes hatte Boy Erlaubnis bekommen, sich im Wohnzimmer aufzuhalten. Sonst war sein Aufenthaltsort ein grosser, warmer Korb, der unweit von Jan und Erlings Zimmer droben auf dem Gang stand. Die Buben hatten bis jetzt immer so viel zu tun gehabt, dass ihnen keine Zeit geblieben war, sich mit ihrem vierbeinigen Kameraden zu beschäftigen; aber Boy hatte sich mit Geduld und Nachsicht in sein Schicksal gefügt. Wenn Lis zu ihm gekommen war, um ihn auf einen Spaziergang mitzunehmen, hatte man geradezu in seinen klugen Hundeaugen lesen können: «Jaja, Lis, wenn Jan keine Zeit hat, sich mit mir abzugeben, muss ich mich mit dir begnügen, und damit bin ich auch zufrieden.»

Nun lag Boy beim Kamin und verdaute sein gutes Weihnachtsmahl. Er hatte den Kopf zwischen die Vorderbeine gelegt und betrachtete alle und alles mit wachsamen Augen. Ab und zu hob er das Haupt ein wenig und lauschte mit gespitzten Ohren; aber ebenso schnell streckte er sich wieder behaglich aus.

Jan ging zu ihm hinüber.

«Braver Kerl!» sagte er und streichelte ihm den Kopf. «Hast du etwas Gutes zu fressen bekommen?»

Der Schäferhund klopfte mit dem Schwanz den Boden und schaute zu Jan auf, als wollte er sagen: «Ja, du hättest einmal sehen sollen, was für ein leckres Futter ich erhalten habe.»

Jan streichelte immer noch seinen Kopf, und plötzlich kam ihm ein Gedanke. Er warf rasch einen Blick ringsum auf die Versammelten, die in kleinen Gruppen beisammen sassen und sich angeregt unterhielten. Dann schielte er zu den beiden Dienern hinüber, die emsig mit Gläsern und Flaschen herumgingen. Er lächelte zufrieden, als er sah, dass beide eine Serviette über dem Arm hatten.

Eine Viertelstunde lang verfolgte er ihr Tun mit achtsamen Augen — und dann bot sich ihm auf einmal die Gelegenheit, auf die er gewartet hatte. Der kleine Diener wollte ein Tablett mit Gläsern hinaustragen; doch da ihn die Serviette offenbar ein wenig hinderte, legte er sie auf ein Rauchtischchen. Jan straffte sich, und als der Diener verschwunden war, ging er rasch zu dem Rauchtisch hinüber. Mit der unschuldigsten Miene von der Welt blieb er dort stehen und betrachtete die Gäste ringsum. Anscheinend interessierte sich im Augenblick niemand für sein Treiben, und mit Blitzesschnelle liess er die Serviette in seiner Innentasche verschwinden.

Der einzige, der diesen sonderbaren «Diebstahl» bemerkt hatte, war der Hund. Boy hatte Jans Bewegungen aufmerksam verfolgt, und als Jan zu seinem Platz am Kamin zurückkehrte, erhob sich der Hund auf die Vorderbeine und bohrte seine Schnauze neugierig in Jans Innentasche. Seine Augen sagten deutlich: «Was soll nun geschehen?»

«Leg dich!» befahl Jan leise, worauf Boy augenblicklich gehorchte.

Kurz darauf kam der Diener aus der Küche zurück. Er ging herum und ordnete verschiedene Dinge, und plötzlich fiel ihm offenbar die Serviette ein. Er warf zuerst einen Blick auf das Rauchtischchen und sah sich dann rings im Zimmer um. Als er die Serviette nirgends gewahrte, fragte er seinen Kollegen etwas, der jedoch nur gleichgültig den Kopf schüttelte. Hierauf verschwand der kleine Diener im Esszimmer, und kurz darauf erschien er wieder mit einer neuen Serviette über dem Arm. Jan seufzte erleichtert auf. Sein kleiner Handstreich war geglückt.

Erling kam zu ihm geschlendert, schlug ihm auf die Schulter und fragte aufgeräumt: «Na, alter Esel, wollen wir ein paar Minuten zu Carl hinübergehen? Wir haben ja noch unsere kleinen Geschenke für ihn und Anders abzuliefern.»

«Ja, gehen wir», antwortete Jan und erhob sich. «Nein, Boy, bleib du nur liegen!»

Jan wandte sich an seinen Onkel: «Hast du etwas dagegen, wenn wir schnell in die Gesindestube hinüberlaufen, um Carl und Anders fröhliche Weihnachten zu wünschen?»

«Nein, natürlich nicht. Ich muss übrigens auch noch hinübergehen, um den Leuten ihre Gratifikation zu bringen.»

Im Sprung eilten die Jungen zu ihrem Zimmer hinauf, wo sie vier Weihnachtspäckchen aus den Koffern holten, und zwei Minuten später waren sie zusammen mit dem Onkel auf dem Wege zur Gesindestube.

Am frühen Abend war schöner Mondschein gewesen; doch jetzt zogen schneeschwere Wolken an der blauweissen Mondscheibe vorbei und verdeckten sie ab und zu. Der Schnee knirschte unter den Füssen der drei, als sie über den Hofplatz gingen.

In der Gesindestube herrschte richtige Weihnachtsstimmung. Gelächter und muntere Unterhaltung ertönten, und dichter Tabaksnebel wälzte sich heraus, als Helmer die Türe aufmachte. Der Verwalter war so vorsorglich gewesen, für Ersatzkerzen zu sorgen, so dass der Christbaum auch jetzt noch, während Kaffee getrunken wurde, in hellem Glanze erstrahlte.

Aller Augen richteten sich auf die geöffnete Türe.

«Fröhliche Weihnachten!» rief der Gutsbesitzer und trat ein.

«Fröhliche Weihnachten, Herr Helmer!» erklang es im Chor.

Dann wurde es still.

Helmer ging zum Tisch und hielt eine kleine Rede aus dem Stegreif:

«Ja, nun ist wieder ein Jahr vergangen, seit ich das letztemal hier stand und euch fröhliche Weihnachten wünschte. Es freut mich, dass ich dieselben Gesichter sehe wie vorige Weihnachten; denn das ist ein Zeichen dafür, dass wir gut miteinander auskommen. Ich meinerseits war sehr zufrieden mit euren Leistungen. Wenn ich keine Leute hätte, die pflichtbewusst sind und sich auf ihre Arbeit verstehen, wäre Raunstal niemals der Musterhof geworden, den wir nun haben. Nochmals: Fröhliche Weihnachten euch allen, und dann... äh... hier habe ich eine kleine Aufmerksamkeit für jeden von euch.»

Der Gutsbesitzer holte ein Bündel Umschläge aus seiner Rocktasche hervor und begann sie nach den darauf verzeichneten Namen zu verteilen.

Von allen Seiten wurde ihm gedankt. Als alle Umschläge verteilt waren, trat der Verwalter mit einem grossen Paket in den Händen zu Helmer und sagte: «Ja, wir haben auch ein kleines Weihnachtsgeschenk für Sie... nur eine bescheidene Gabe... zwei Kisten Zigarren, die... äh...»

Der Verwalter geriet ins Stammeln, und Helmer schlug ihm lachend auf die Schulter. «Zigarren, meine Lieben? Ein schöneres Geschenk könntet ihr mir wahrhaftig nicht machen. Herzlichen Dank, Johnson. Kommen Sie nun mit zur Gesellschaft hinüber und trinken Sie ein Glas Wein mit uns. Wir wollen auch ein Kartenspielchen machen, und dafür sind Sie ja immer zu haben, Johnson. Nochmals vielen Dank, Leute, und ein recht schönes Fest! Auf Wiedersehen!»

«Auf Wiedersehen, Herr Helmer! Und vielen Dank!» wurde gerufen.

Helmer und Johnson gingen hinaus.

Jetzt waren alle emsig damit beschäftigt, die Umschläge zu öffnen, und gleich darauf ertönten laute

Freudenrufe rings um den Tisch. Die meisten Umschläge enthielten fünf Zehnkronenscheine. Im Umschlag des Grossknechts Anders lag nur eine einzige Banknote; aber dafür war es auch ein Hundertkronenschein!

Jan und Erling betrachteten vergnügt die lebhafte Szene. Dann traten sie zu Carl, der ganz benommen dasass und auf seine fünf neuen Zehnkronenscheine starrte. Seine Augen waren feucht, als er zu den beiden Freunden aufschaute.

«Das... das ist... viel zuviel», murmelte er undeutlich.

«Dummes Zeug, Carl» entgegnete Jan. «Wenn du es nicht verdient hättest, dann hätte es dir mein Onkel auch nicht gegeben. Du kannst mir glauben, ich kenne ihn.»

«Er ist... schrecklich nett...»

«Ja, sowohl als Arbeitgeber wie als Onkel. Aber hör nun zu...»

Jan zog Carl vom Tisch fort und fragte ihn flüsternd: «War etwas zu sehen, Carl?»

«In der Scheune?»

«Ja.»

«Nein, dort ist alles in Ordnung. Anders und ich sind alle halbe Stunde hingeschlichen, wie du sagtest. Vor einer Viertelstunde war ich das letztemal drüben.»

Jan nickte und rief Anders herbei. Als der Hüne sich zu ihnen gesellt hatte, sagte Jan leise: «Der Mond scheint nicht mehr so hell; es sind Wolken am Himmel. Deshalb müsst ihr nun alle zwanzig Minuten zur Scheune gehen. Ich hoffe nicht, dass etwas im Anzug ist; aber es ist besser, sich zu vergewissern und es auf nichts ankommen zu lassen.»

«Wir werden schon alles recht machen», versprach Carl.

Anders begnügte sich mit einem beifälligen Nicken.

Jan besann sich plötzlich und sagte mit leichter Verlegenheit: «Ach, wir haben euch ja noch nicht einmal fröhliche Weihnachten gewünscht; aber das kommt davon, dass wir an so viel anderes zu denken haben. Erling und ich haben hier ein Geschenk für euch...»

Anders und Carl machten grosse Augen. Sie hatten gar nicht damit gerechnet, noch mehr Weihnachtsgeschenke zu bekommen; doch als sie sich bedanken wollten, waren die beiden Buben schon zur Gesindestube hinaus.

Auf dem Wege über den Hofplatz sagte Jan: «Zuverlässigere und treuere Helfer als Carl und Anders könnte man sich gar nicht wünschen.»

«Ja, die beiden sind wirklich erstklassig», stimmte Erling zu.

Im Wohnzimmer waren die beiden Diener gerade dabei, die Spieltische aufzustellen. Die Ehepaare Schmidt und Winther sollten an dem einen Tisch spielen; an dem andern liessen sich Helmer, Johnson und Herr und Frau Holm nieder. Bald darauf war das Spiel in vollem Gange. Es war verabredet worden, nicht länger als bis halb zwölf zu spielen; denn um diese Zeit wollte Fräulein Madsen einen Imbiss auftischen.

Redaktor Nielsen hatte keine Freude am Kartenspiel, und das Ehepaar Höyer fand es ebenfalls unterhaltender, mit den Buben und den beiden jungen Mädchen zu plaudern. Sie bildeten einen gemütlichen Winkel, während Mads sich in die Küche verzog, um den Mitternachtsimbiss vorzubereiten. Die treffliche Wirtschafterin setzte ihre Ehre darein, mit allem immer beizeiten fertig zu sein.

Redaktor Nielsen erwies sich als ein unerschöpflicher Born lustiger und spannender Anekdoten, die aus seiner langen Arbeitszeit als Journalist im In- und Ausland stammten, und die Kinder unterhielten sich glänzend. Die Zeit verging wie im Fluge.

Plötzlich aber wurde das Idyll auf unangenehmste Weise unterbrochen. Drunten auf dem Hof ertönte der Ruf, den alle Landbewohner am meisten fürchten:

«Feuer! Feuer! Die Scheune brennt!»

FÜNFZEHNTES KAPITEL

Abrechnung

Helmer sprang so schnell von seinem Stuhl auf, dass der Spieltisch umfiel und die Karten zu Boden flatterten. Alle Farbe war aus seinem Gesicht gewichen. Wortlos lief er zur Türe, und die ganze übrige Gesellschaft folgte seinem Beispiel.

Auf dem Hof hoben sich viele dunkle Gestalten von dem weissen Schnee ab. Sie waren alle auf dem Wege zur Scheune. Dort waren zwei Fenster von rotem Feuerschein erhellt, der jedoch nicht sehr stark war. Flammen oder Rauch konnte man nicht sehen.

Helmer sprang die Freitreppe hinunter und eilte mit langen Schritten auf die Scheune zu. Er stolperte über eine Schneewehe, raffte sich schnell auf und lief keuchend weiter. Jan folgte ihm auf den Fersen, und in einer langen Reihe rannte die ganze Gesellschaft hinterdrein.

Der Gutsbesitzer und Jan liefen gleichzeitig durch das Scheunentor. Vor ihnen rannten mehrere Leute vom Hof dahin.

Der eine Viehknecht gewahrte Helmer und sagte atemlos: «Die Pumpe ist schon im Gang, Herr Helmer.»

«Wer bedient sie?»

«Der Grossknecht Anders.»

«Gut!»

Helmer lief weiter in die Scheune, Jan ihm auf den Fersen.

Auf der Tenne züngelten kleine Flammen über den Boden und an dem trockenen Holzwerk empor; aber zwei kräftige Wasserstrahlen waren geradeswegs auf das zischende Feuer gerichtet. Wenn die Flammen an einer Stelle erlöschten, sprangen an einer andern neue Flämmchen auf; doch offenbar wurden die beiden Schläuche von zwei geschulten Leuten bedient, denn die Wasserstrahlen trafen im Nu die neuen Flammen.

«Der Brand wird bald gelöscht sein», erklärte der Verwalter Johnson, der inzwischen dazugekommen war.

Jan hörte seinen Onkel einen Seufzer der Erleichterung ausstossen.

Mehrere Leute rissen mit Rechen und Heugabeln an dem brennenden Stroh, um es auf den Tennenboden zu ziehen, wo es ebenso schnell gelöscht wurde. Zum Glück war nicht viel Stroh in dem Winkel der Tenne, wo der Brandherd lag. Hätte das andere Ende Feuer gefangen, so wäre das Ergebnis schlimmer gewesen. Nun verringerten sich die Flammen immer mehr, und das Brandgebiet verkleinerte sich infolge des rechtzeitigen Eingreifens und der tüchtigen Bedienung der Feuerlösch-Anlage von Minute zu Minute.

Helmer war schon nahe daran gewesen, die Räumung der Ställe anzuordnen; doch als er sah, dass keine Ausdehnung des Brandes zu befürchten war, sagte er nichts. Er beschränkte sich darauf, näher zum Brandherd zu treten und ihn genauer zu betrachten. Nur etwa ein halbes Fuder Stroh war dem Feuer zur Beute gefallen, und an keiner Stelle hatte der Brand mehr als der Oberfläche des Holzwerks zugesetzt. Die Balken waren nur leicht geschwärzt.

«Na, das Ganze sieht ja gar nicht so schlimm aus», sagte Helmer erleichtert zu Johnson.

«Nein, in zwei Minuten ist kein Funke mehr vorhanden. Zur Sicherheit will ich aber doch auf den Heuboden klettern», antwortete der Verwalter.

«Ja, tun Sie das, Johnson. Es könnte sein, dass es noch irgendwo mottet.»

Der Verwalter tauchte in dem Gewimmel unter. Einige Minuten später kehrte er zurück, triefend nass, aber übers ganze Gesicht lächelnd. Er war ein paarmal von den Wasserstrahlen getroffen worden, und er hustete auch, weil der Rauch unter dem Dach noch dichter war; jedoch konnte er melden, dass droben nirgends Feuer schwelte.

Die Leute und sämtliche Gäste standen in einer Gruppe um den Gutsbesitzer und sahen zu, wie die letzten Flammen zischend verlöschten. Schliesslich blieb nur noch ein rauchender schwarzer Haufe auf dem Tennenboden zurück. Der Rauch brannte in den Augen, und die Damen begannen zu husten.

«Noch mehr?» erklang es von der Pumpe her.

«Nein, ihr könnt aufhören», antwortete Helmer. «Aber einer von euch soll zur Sicherheit bei der Pumpe bleiben.»

Der Bogen der Wasserstrahlen wurde binnen zwei Sekunden immer kürzer und kürzer — und dann waren sie weg.

Anders kam bedächtig zu der Gruppe um Helmer, und nun schwirrten die Fragen durch die Luft.

«Wer hat das Feuer eigentlich entdeckt?»

«War es Brandstiftung?»

«Wieso wart ihr mit dem Wasser so schnell bei der Hand?»

Und die Antworten schwirrten ebenso durcheinander.

«Anders hat das Feuer entdeckt.»

«Carl hat das Feuer entdeckt.»

«Nein, beide, Anders und Carl.»

«Carl schlug aber Alarm.»

«Die Wasserschläuche lagen schon bereit.»

Helmer schaute vom einen zum andern in der Hoffnung, eine vernünftige Erklärung zu erhalten.

«Was ist geschehen, Anders?» fragte er.

Anders wollte gerade antworten; doch da ereignete sich plötzlich etwas Unerwartetes am andern Ende der Scheune. Es ertönte ein wütendes Gebrüll, und eine wahre Sintflut abscheulicher Flüche wurde laut. Alle drehten sich um und gewahrten ein merkwürdiges Paar, das durchs Tor hereintaumelte.

«Hurra!» rief Jan begeistert. «Carl ist auf dem Kriegs-pfad!»

Ja, es war tatsächlich Carl; er schleppte einen vor Wut schäumenden Menschen, der sich mit Armen und Beinen wehrte. Aber gegen die Bärenkräfte des wendigen Klondyker Jungen kam er nicht auf. Das Opfer wand sich wie ein Aal, schlug um sich, brüllte und tobte, trachtete Carl ein Bein zu stellen und benahm sich im ganzen wie ein Tobsüchtiger. Die Damen schrien erschrocken auf und suchten eiligst Deckung hinter den schirmenden Rücken der Männer.

«Aha, Niels Boelsen!» sagte Helmer, und seine Stimme hatte einen drohenden Ton.

«Ja, hier ist der Brandstifter, Herr Helmer», stiess Carl atemlos hervor. «Ich fing ihn, als er von der Scheune fortlief...»

«So, er lief von der Scheune fort?» wiederholte Helmer und trat mit strenger Miene vor Niels Boelsen, der am ganzen Leibe bebte. «Dann hast du also das Feuer gelegt, Niels Boelsen, stimmt's? Antworte!»

Aber Niels Boelsen war buchstäblich ausserstande, zu sprechen. Carl hatte ihn so fest im Genick gepackt, dass sein Gesicht blaurot anlief.

«Lass mich los!» brachte Niels Boelsen schliesslich hervor.

Wider Willen musste Helmer lächeln. «Lass ihn nur los, Carl», sagte er. «Der Bursche läuft ohnehin nicht weg.»

Carl hatte keine grosse Lust, sein stöhnendes Opfer loszulassen, und er stand sprungbereit, um sogleich eingreifen zu können, falls Niels Boelsen einen Fluchtversuch unternahm.

Niels Boelsen dachte jedoch an keinen Fluchtversuch. Er war viel zu erschöpft nach seinem Kampf mit dem starken Carl. Die Mütze hatte er verloren, das Haar hing ihm wirr in die Stirne, sein eines Auge war zugeschwollen und begann sich zu verfärben, und seine Joppe war von oben bis unten zerrissen. Man sah deutlich, dass Carl ihn nicht mit Samthandschuhen angefasst hatte.

«Darf ich jetzt um eine Erklärung bitten?» sagte Helmer zu Carl. «Wie habt ihr das Feuer entdeckt?»

Carl stimmte es offenbar etwas verlegen, die vielen Augen auf sich gerichtet zu sehen. Galt es, die Fäuste zu brauchen, so stand er seinen Mann — aber das hier, nein, das war entschieden nicht nach seinem Geschmack. Er trat unruhig von einem Fuss auf den andern und schaute beinahe flehend zu Anders hinüber; doch der biedere Hüne war anscheinend auch kein Freund vieler Worte, denn er zog sich schnell in den Hintergrund zurück.

«Na, los, Carl!» ermunterte Helmer.

Carl seufzte ergeben. «Also, es war so, dass Anders und ich hierher zur Scheune gingen, um... um zu sehen, ob alles in Ordnung war... und dann... ja, dann sah ich plötzlich einen Kerl, der gerade durchs Scheunentor verduften wollte... und dann...»

«Ja, und dann?»

«Dann entdeckten wir auch, dass es in der Scheune brannte, und Anders brüllte mir zu, ich sollte die Leute alarmieren... und dann stürzte er zur Pumpe, während ich auf den Hof lief und die Leute zusammenrief. Sie kamen alle sofort, und so konnte ich dem Halunken nachrennen, der über die Wiese gelaufen war...»

Carl gelangte nun auf ein Gebiet, wo er sich auf festerem Boden fühlte, und seine Stimme klang bedeutend sicherer, als er fortfuhr: «Es wurde ein scharfer Wettlauf, denn der Kerl hatte ja einen guten Vorsprung, aber ich gab denn auch Höhenruder über die grössten Schneewehen und rückte ihm immer näher. Schliesslich fiel er hin, und da erwischte ich ihn! Wie ein Boxer schlug er um sich und biss mich in die Hand.» Mit einem breiten Grinsen zeigte Carl seine blutende rechte Hand. «Aber mit solchen Kerlen bin ich schon öfters fertig geworden, und ich wette fünf Öre, dass der Bursche noch nie derartige Prügel bekommen hat! Auf dem Weg hierher stellte er mir ein Bein und trat mich ans Schienbein, so dass ich ihn noch einmal verdreschen musste. Ja, das wäre es, Herr Helmer.»

«Das genügt wirklich», lachte der Gutsbesitzer. «Es ist nur gut, dass du ihn nicht totgeschlagen hast.»

«Das wäre Anders gegenüber nicht recht gewesen», feixte Carl.

«Wieso?»

«Ich habe ihm doch versprochen, dass er den Brandstifter auch noch verhauen dürfte.»

Niels Boelsen stiess einen Schreckensschrei aus und machte Miene, davonzulaufen; doch Carl packte ihn sofort wieder mit starkem Griff.

Helmer stand in Gedanken versunken. Dann trat er näher zu dem zitternden Brandstifter und fragte: «Gibst du zu, das Feuer gelegt zu haben?»

«Ja», wimmerte Niels Boelsen.

«Und gibst du zu, dass es ein Racheakt war?»

«Ja...»

Helmer schritt mit gesenktem Haupt und auf den Rücken gelegten Händen auf und ab. Plötzlich richtete er sich auf, als ob er einen Entschluss gefasst hätte, und blieb vor dem leise jammernden Niels Boelsen stehen.

«Du bist wirklich ein Halunke, Niels Boelsen. Aus niedrigen Rachegefühlen wolltest du Raunstal in Brand stecken. Mir hättest du keinen pekuniären Schaden zugefügt, da ich hinreichend versichert bin; aber in einem solchen Falle erleidet die ganze Volksgemeinschaft Einbusse. Wenn ich dir zukommen lassen wollte, was du verdient hast, würde ich sogleich die Polizei anrufen und dich abführen lassen; aber heute ist Weihnachtsabend, und deshalb will ich Gnade vor Recht ergehen lassen. Mach, dass du fortkommst, Niels Boelsen, doch lass dich nie mehr in der Nähe von Raunstal blicken! Ich werde dafür sorgen, dass man dich im Auge behält, und wenn du dir nochmals irgend etwas zuschulden kommen lässt... ja, du kannst überzeugt sein, dass du dann nochmals für ein paar Jahre eingesperrt wirst. Also weg mit dir!»

Die letzte Aufforderung war überflüssig. Niels Boelsen verschwand wie aus der Kanone geschossen. Er bedankte sich nicht einmal für das milde Urteil. Carl sperrte vor Erstaunen den Mund auf. Das hatte er denn doch nicht erwartet.

Die übrigen Leute vom Hof und die meisten Gäste waren ebenso überrascht wie Carl, sagten jedoch nichts. Jan war vielleicht der einzige, der sich nicht wunderte. Er kannte den Onkel.

Helmer wandte sich an die Leute: «Ich danke euch für eure rasche Hilfe! Am dritten Weihnachtstag kann sich jeder von euch fünfzig Kronen auf dem Verwaltungsbüro holen. Anders und Carl bekommen je zweihundert Kronen. Geht nun hinein und setzt euer unterbrochenes Weihnachtsfest fort. Zur Sicherheit müsst ihr hier in der Scheune abwechselnd Brandwache halten bis morgen früh; aber diese Frage könnt ihr unter euch ordnen. Gute Nacht, Leute!»

Es erhob sich ein verworrenes Stimmengemurmel, als Helmer zusammen mit seinen Gästen die Scheune verliess. Anders wusste weder aus noch ein. Er summte ein altes Lied vom roten Hahn vor sich hin, weil er fand, dass es zu dieser Gelegenheit gut passte.

Kurz darauf waren die Gäste wieder im Wohnzimmer versammelt. Der dicke Diener räumte hier gerade auf; sein kleiner Kollege hingegen war nicht zu sehen.

Jan zuckte ein Gedanke durch den Kopf, und er trat schnell zu dem dicken Diener und fragte: «Wo ist Ihr Kollege?»

«Ich habe keine Ahnung», antwortete der Diener. «Er ist vor ein paar Minuten plötzlich verschwunden.»

Jan nickte, und ohne dass es jemand von der Gesellschaft bemerkte, ging er zu der Schublade, in die sein Onkel die goldene Tabaksdose gelegt hatte. Er zog die Schublade auf und stiess einen unterdrückten Ruf aus.

Die Golddose war fort!

SECHZEHNTES KAPITEL

Boy an der Arbeit

Helmer hatte Jans Ruf gehört und kam rasch zu ihm. «Was ist los?» erkundigte er sich.

«Deine Golddose ist verschwunden!»

«Was?»

Helmer kramte ungläubig in der Schublade; aber es änderte sich nichts, so sehr er auch suchte: Die Dose war verschwunden.

Er rief Fräulein Madsen zu sich und fragte: «Sagen Sie, Mads, haben Sie vielleicht die Tabaksdose anderswo verwahrt?»

«Ich?» gab Fräulein Madsen entrüstet zurück. «Wissen Sie, Herr Helmer, ich finde, mit dieser Dose hat es genügend Geschichten gegeben...»

Jan hatte zu seinen Überlegungen nicht lange Zeit gebraucht. Er rief: «Boy!»

Wie der Blitz war der Hund aufgesprungen und blickte mit seinen klugen Augen erwartungsvoll zu Jan auf.

«Komm, Boy!»

Ehe Helmer oder die Gäste recht begriffen hatten, was da vor sich ging, war Jan mit dem Hund hinausgelaufen. In der Halle holte Jan flink die «gestohlene» Serviette aus der Tasche und liess Boy daran schnüffeln. Dann befahl er kurz: «Such, Boy!»

Vor lauter Eifer ging es wie ein Ruck durch den Hund. Er richtete die Schnauze auf den Boden und nahm in wenigen Sekunden die Witterung auf. Dann blieb er beim Ausgang stehen, schnüffelte wieder und begann energisch an der Türe zu kratzen. Jan öffnete sie, worauf Boy wie ein Pfeil die Freitreppe hinunterflitzte, an der untersten Stufe ein wenig herumschnüffelte und dann die Richtung durchs Tor einschlug, immer die Nase an der schneebedeckten Erde. Jan folgte ihm.

Der Hund lief bis zur Rückwand der Scheune, wo er plötzlich scheinbar planlos herumzuschnüffeln begann. Jan schaute ihm verwundert zu; denn es war ja ganz unmöglich, dass sich der Diener hier mitten auf der schneebedeckten Wiese versteckt hielt. Boy aber wusste, was er tat. Zu Jans Erstaunen kehrte er um und trabte denselben Weg zurück, lief durch das Tor und dann über den Hofplatz; doch hier änderte Boy die Richtung und steuerte geradeswegs auf den Gesindeflügel zu. Jan liess sich weiterführen: Durch die Türe hinein, über den langen Flur — und dann blieb Boy vor einer geschlossenen Türe stehen. Er warf einen ungeduldigen Blick auf seinen Herrn und wollte schon an der Türe kratzen; aber Jan befahl leise: «Stille, Boy!»

Jan bückte sich und äugte durchs Schlüsselloch. Er sah, dass in dem Zimmer Licht brannte, konnte aber keinen Menschen erspähen. Da fasste er schnell einen Entschluss und machte die Türe auf. Es ertönte ein Schreckensruf. Der Diener stand mitten im Zimmer, und in der Hand hielt er — die Golddose! Es sah fast aus, als ob er gerade mit der Dose in der Hand das Zimmer hätte verlassen wollen.

«Was... was willst du?» stammelte der Diener.

«Was glauben Sie wohl?» gab Jan spöttisch zurück. «Ich möchte nur fragen, wie Sie in den Besitz der Dose geraten sind, die Sie da in der Hand halten?!»

Der Diener zuckte zusammen und starrte auf die goldene Dose, als ob es eine Schlange wäre. Schliesslich murmelte er verwirrt: «Das ...das ist ein... ein Versehen...»

«Ja, ein sehr bedauernswertes Versehen», erwiderte Jan. «Haben Sie zu Ihrer Verteidigung nichts Originelleres vorzubringen?»

«Ich... ich wollte die Dose gerade zurückbringen...»

«Wirklich?»

«Auf Ehrenwort!» versicherte der kleine Mann.

«Das hört sich sonderbar an. Zuerst stehlen Sie einen Gegenstand, und eine Viertelstunde später wollen Sie ihn zurückbringen.»

«Aber es ist wirklich so!» rief der Mann verzweifelt.

«Gut, gut. Diese Erklärung können Sie Herrn Helmer abgeben. Kommen sie jetzt mit!»

Der Mann richtete sich unvermittelt auf, und sein Gesicht nahm einen störrischen Ausdruck an.

«Nein, ich komme nicht mit!» trotzte er.

«So, Sie wollen nicht mitkommen», wiederholte Jan grimmig. «Boy, Achtung!»

Der Diener stiess einen Schrei aus, als Boy knurrte. Er glaubte, der Hund würde ihn an der Kehle packen; aber Boy stand ihm nur mit gespitzten Ohren und aufgerissenem Rachen gegenüber.

«Der Hund greift nur auf Kommando an», erklärte Jan liebenswürdig. «Muss ich...?»

«Nein, nein», fiel der Diener angstvoll ein, «ich komme mit dir zu Herrn Helmer.»

Drei Minuten später stand Jan mit seinem Fang im Wohnzimmer. Es gab ein Gemurmel der Überraschung, als die Gäste die verschwundene Golddose in der Hand des Dieners sahen.

«Diesmal war es ein echter Diebstahl, Onkel», sagte Jan.

Helmer schüttelte ergeben den Kopf. «Das ist wirklich der sonderbarste Weihnachtsabend, den ich jemals erlebt habe.»

«Darf ich bitte erklären?» bat der Diener beunruhigt.

«Es gibt sicher nicht viel zu erklären», sagte Helmer. «Aber lassen Sie hören.»

«Es stimmt, ich habe die Dose entwendet», begann der Diener; «aber... aber ich bereute es, und ich wollte sie an ihren Platz zurücklegen, bevor der Diebstahl entdeckt wurde. Ich lief in mein Zimmer hinauf, um sie zu holen; doch gerade als ich zur Türe hinausgehen wollte, kam Ihr Neffe herein. Ich schwöre, das ist die reine Wahrheit.»

«Hm», machte Helmer. Dann wandte er sich an Jan und fragte: «Was meinst du zu dieser Erklärung, Jan?»

«Ich glaube, sie stimmt.»

«Was?» gab Helmer erstaunt zurück.

«Ja, ich glaube, dass er die Dose zurücklegen wollte, aber durchaus nicht aus Reue.»

«Weshalb denn sonst?»

«Weil er es mit der Angst zu tun bekam. Mir scheint, ich kann die richtige Erklärung geben.»

«Also lass hören, Jan.»

«Zweifellos steckten Niels Boelsen und dieser Mann hier unter einer Decke. Ich habe gestern einige Fußspuren entdeckt, die bewiesen, dass sie sich hinter der Scheune getroffen hatten. Ich dachte viel darüber nach, worüber sie wohl gesprochen haben mochten. Es handelte sich sicher um nichts Gutes, da sie sich in aller Heimlichkeit getroffen hatten. Vorher hatte unser Freund Carl Niels Boelsen um die Scheune schleichen sehen, und mir kam der Verdacht, dass Boelsen auf Rache sann. Ja, ich wurde den Gedanken nicht los, dass er sich mit dem Plan trug, die Scheune anzustecken...»

«Dann hast du also Carl und Anders gebeten, aufzupassen und die Feuerlösch-Anlage betriebsbereit zu machen?» fiel Helmer ein. «Na, das hätte ich mir ja eigentlich denken können. Du bist ein ganzer Kerl, Jan!»

Jan fuhr fort:

«Ich überlegte immerzu, was die beiden Kerle wohl im Schilde führen mochten, und als heute abend die Weihnachtsgeschenke verteilt wurden, kam mir plötzlich ein Gedanke. Der Diener war ja dabei, als du die Golddose in die Schublade dort drüben legtest, und auf einmal fiel mir ein, dass er vielleicht auf eine Gelegenheit lauerte, hier im Hauptgebäude einen Handstreich auszuführen. Natürlich kann er nicht zum voraus den Plan gehabt haben, die goldene Dose zu stehlen; denn es war sicher das erstemal, dass du sie in die Schublade legtest; aber es gab ja so viel anderes zu stibitzen — Geld, Schmucksachen in den Zimmern der Damen und dergleichen. Allerdings wäre es schwierig für ihn gewesen, den Plan auszuführen, solange das ganze Haus voller Menschen war; hingegen wäre es leicht gewesen, wenn diese Menschen eine Weile aus dem Wege waren. Was konnte sie veranlassen, das Haus zu räumen? Zum Beispiel ein Brand drüben in der Scheune!»

Der Diener starrte Jan mit grossen, erschrockenen

Augen an; aber Jan beachtete ihn nicht. Er erzählte weiter:

«Als im Hof Feueralarm gegeben wurde und alle das Wohnzimmer verliessen, nahm der Diener in aller Seelenruhe die goldene Dose aus der Schublade und ging damit hinter die Scheune. Boy hat seine Spur dorthin und wieder zurück verfolgt. Vermutlich war die Verabredung getroffen worden, dass Niels Boelsen hier warten und mit dem Diebsgut verschwinden sollte. Selbst wenn der Diebstahl entdeckt wurde und der Diener in Verdacht geriet, hätte man ihm dann nichts beweisen können. Es kam jedoch anders. Ich bin sicher, dass der Diener Zeuge wurde, wie Carl dem Brandstifter nachsetzte und ihn fing, und da bekam er Angst, dass Boelsen alles verraten würde. Wahrscheinlich wurde er von Panik ergriffen und rannte in sein Zimmer zurück, um sich die Sache zu überlegen. Er gelangte zu dem Ergebnis, dass es am klügsten wäre, die Golddose rasch wieder in die Schublade zu legen, ehe man ihr Verschwinden bemerkte, und darum stimmt es wohl, dass er sich gerade mit der Dose hierher auf den Weg machen wollte, als ich ihn in seinem Zimmer überraschte.»

Eine kleine Weile herrschte Schweigen im Zimmer. Dann trat Helmer zu dem kleinen Mann und fragte streng: «Stimmt die Erklärung meines Neffen, Petersen?»

«Ja, Herr Helmer... ganz genau», murmelte der Diener.

Der Gutsbesitzer lächelte unmerklich. «Sie sind ebenfalls ein Halunke, Petersen, aber von kleinerem Format als Niels Boelsen. Hätte ich über das Komplott Bescheid gewusst, so hätte ich Ihren Mitschuldigen wohl doch der Polizei übergeben; doch nun habe ich mich anders entschieden, und man soll die kleinen Diebe nicht hängen, wenn man die grossen laufen lässt. Pakken Sie also Ihre Siebensachen zusammen und dann fort mit Ihnen! Bis zu Boelsens Hütte ist es ja kein sehr weiter Weg, und es ist für ihn und auch für Sie sicher nützlich, wenn ihr Gelegenheit habt, die Erfahrungen des heutigen Abends auszutauschen!»

Tief gebeugten Hauptes schlich der kleine Dieb zur Türe hinaus.

Helmer wandte sich lächelnd an seine Gäste: «Ich glaube, jetzt kommen wir endlich dazu, den Rest des Abends gemütlich zu geniessen. Ich bin überzeugt, dass Mads noch einige Überraschungen für uns hat.»

Natürlich hielt Mads noch allerlei in Bereitschaft; aber zuerst wollte sie den blauen Tabaksnebel vertreiben. Sie öffnete zwei von den grossen Fenstern, die auf den Hof hinausgingen, so dass die frische Frostluft hereinströmte.

Noch etwas drang durch die geöffneten Fenster herein. Es waren die Töne eines gemischten Chores drüben in der Gesindestube, angeführt von einer schmetternden Stimme, die erschütternd falsch sang:

> «Am Weihnachtsbaum die Lichter brennen,
> Wie glänzt er freundlich, lieb und mild,
> Als spräch' er, wollt in mir erkennen
> Getreuer Hoffnung stilles Bild.»

Jan und Erling sahen einander mit einem kleinen Lächeln an. Sie dachten beide daran, dass dieser Weihnachtsabend auch einigen Trubel gebracht hatte.

SIEBZEHNTES KAPITEL

Friedlicher Ausklang

Der Rest der Weihnachtsferien wurde zu einem wahren Idyll. In Anbetracht der Feiertage wurde zwischen Lis, Yvonne, Erling und Jan ein achttägiger «Waffenstillstand» abgeschlossen. Gemeinsam unternahmen sie viele herrliche Skifahrten in der schönen Umgebung, und abends machten sie sich's am Kamin gemütlich, während Redaktor Nielsen Anekdoten erzählte und Gutsbesitzer Winther und Onkel Christian einander an phantastischen Soldatengeschichten zu überbieten versuchten. Die gute Freundschaft zwischen Jan, Erling und Carl war gestärkt worden. Sie verbrachten viele fröhliche Stunden miteinander, und Carl erwies sich als äusserst gelehriger Schüler, als Jan ihn in die schwierige Kunst des Skifahrens einführte.

Wenn man Jan glauben konnte, so hatte Erling geradezu unglaublich abgenommen — und gegen diese Aussage hatte unser dicker Freund natürlich nichts einzuwenden. Betrübt stellte Mads fest, dass ihr Hätschelkind seinen guten Appetit ganz verloren hatte. Er griff beim Essen nur mit grösster Vorsicht zu, und jedesmal war er froh, wenn er mit Jan und den beiden jungen Mädchen eine lange Skifahrt unternehmen konnte. Christian Helmer schmunzelte gutgelaunt und hatte seinen Spass daran, wie vergnügt die Kinder die Freuden der Winterferien genossen. Im stillen dachte er, dass das Leben ja zum Glück noch mehr bot als die Klärung kniffliger Kriminalfälle. Gleichzeitig gelobte er sich selbst, nie mehr wegen Jans Eignung zum Detektiv eine Wette einzugehen. Die vorige Wette hatte wahrhaftig genügend Verwicklungen gebracht! Und die goldene Tabaksdose sollte nun nicht mehr Ursache der Erregung werden — sie lag wohlverwahrt im fest verschlossenen, feuersicheren Geldschrank!

Walter Farley

Der Hengst der Blauen Insel

Für die Jugend ab 12 Jahren. Mit 10 Zeichnungen im Text. Gebunden, mit Schutzumschlag

Eine unzugängliche Insel mitten im Meer, zwei ungleiche Freunde, pferdebesessen der eine, Geschichtsforscher aus Leidenschaft der andere, und ein Traumpferd – das sind die Hauptakteure dieser abenteuerlichen Erzählung des Autors der berühmten «Blitz»-Bücher. Spannend und geheimnisvoll gestaltet sich die Erforschung des vergessenen Eilands, das in einem verborgenen Tal die schönste Herde von Wildpferden birgt, die sich denken läßt.

Walter Farley

Blitz wird herausgefordert

Für die Jugend ab 12 Jahren. Mit 10 Zeichnungen im Text. Halbleinen

Die Sportreporter berichten es begeistert: Blitz ist nach seiner schweren Verletzung wieder auf den Beinen. Wird er seinen Champion-Titel als schnellstes Rennpferd Amerikas erfolgreich verteidigen können? Alec Ramsay weiß, daß auch das beste Pferd nicht immer siegen kann. Und diesmal ist Feuerstrahl, der herrliche Hengst, der Herausforderer. Steve Duncan, sein Besitzer und Reiter, sagt: «Du brauchst dich nur aufs beste Pferd zu setzen, dann bist du der beste Reiter und wirst gewinnen.» So einfach ist das! meint er.

Albert Müller Verlag · Rüschlikon-Zürich · Stuttgart

Die Bände der Reihe
«JAN ALS DETEKTIV»

ALBERT MÜLLER VERLAG